AF362837

INCONTROLABLE

La historia de Tony y Anna

Una novela de

INCONTROLABLE
Precuela Hermanos Alba

© Primera edición 2024 Laura Sanz

Diseño de portada Laura Sanz
Ilustración pareja: Megan Barby

ISBN-13: 978-84-09-64919-8
Depósito legal: M-19117-2025

ADVERTENCIA

Esta novela es una precuela de la serie **Hermanos Alba.**
No hace falta leerse la serie para poder disfrutarla.
Es autoconclusiva e independiente.
No obstante, si quieres gozar de la experiencia completa, deberías leer primero la serie porque en el Epílogo de esta historia, se mencionan ciertos hechos que podrían ser considerados spoilers de las otras novelas.

Para mi yo de quince años.
Para esa Laura de 1989 que tenía tantos sueños,
algunos se han cumplido, otros no.
No importa, sigue avanzando.

Have I told you lately that I love you?
Have I told you there's no one else above you?
Fill my heart with gladness, take away all my sadness.
Ease my troubles, that's what you do.

Have I told you lately - Van Morrison

¿Te he dicho últimamente que te quiero?
¿Te he dicho que no hay nadie por encima de ti?
Llenas mi corazón de alegría, te llevas toda mi tristeza.
Alivias mis problemas. Eso es lo que haces.

Have I told you lately - Van Morrison

Índice

Capítulo Uno

Benidorm, verano de 1989

Tony

Había tardado dos días en encontrar trabajo en un restaurante en la playa de Levante. Ya le había dicho el dueño, un gallego muy simpático de cierta edad, que en julio y en agosto solo podía librar los lunes y que, a partir de septiembre, ya hablarían. También le dijo que iba a tener que currar de sol a sol. Lo comentó con una sonrisa socarrona, pero Tony le creyó, no había más que ver el trasiego de clientes que había. No obstante, aceptó sin dudarlo. Pese a todas las horas que tendría que pasar en allí, los empleados comían y cenaban gratis y el sueldo merecía la pena. Una fortuna para él, que casi siempre estaba en la ruina porque no tenía un trabajo estable.

Hacía siete años que se marchó de casa de sus padres, al cumplir los dieciocho, y aunque era consciente de que podía volver y de que nunca le iba a faltar un plato de comida en la mesa, prefería buscarse la vida por su cuenta y no recurrir a ellos.

Le gustaba su libertad.

Vivía en Carabanchel, en un piso que compartía con dos amigos. Sancho trabajaba en una fábrica de neumáticos, Julián servía copas en un bar, y él pinchaba todos los fines de semana en un garito de Malasaña, el Sacrilegio. Era un curro que le encantaba, pero apenas le daba para comer y pagar su parte del alquiler.

Por eso, aquel verano decidió largarse a la costa a probar suerte. Sabía que por allí siempre necesitaban personal de hostelería. En un principio, pensó que Marbella sería más adecuado y los sueldos mejores, pero cuando vio los precios del alojamiento, desistió y se decantó por Benidorm, que era el sitio de moda de la costa mediterránea y bastante más barato. Llenó una bolsa de viaje con ropa, cogió sus exiguos ahorros, se montó en su viejo Seat 124 y se puso en marcha.

La ciudad le impresionó. Ya había oído hablar de los rascacielos, pero una cosa era verlos en televisión y otra, encontrárselos de frente. Se sintió diminuto mientras recorría las calles donde se erguían a ambos lados de la calzada. Moles de hormigón que, como su nombre decía, arañaban el cielo azul de principios de junio.

En cuanto se bajó del coche, una brisa ardiente y pegajosa le abofeteó en la cara.

—Vaya mierda de calor —masculló.

El calor de Madrid era muy diferente, seco y más soportable.

Solo dos días más tarde, cuando comenzó a trabajar, ya se había acostumbrado a que toda su ropa estuviera permanentemente húmeda, y a que el flequillo, que solía llevar peinado hacia arriba —muy *rockabilly*—, le cayese lacio sobre la frente.

Había conseguido un alojamiento barato en casa de una señora belga que alquilaba habitaciones. Le pillaba un poco lejos del trabajo, pero el sitio estaba limpio y la casera nunca le hacía preguntas. Podía entrar y salir a su antojo. Compartía baño con otros dos chicos, pero tenían horarios diferentes, así que no se cruzaban mucho.

Junio era un mes tranquilo, según le contó Salvador, uno de sus compañeros, que fue quien le enseñó a desenvolverse con los platos, las bebidas y los clientes. Salva, como le gustaba que le llamaran, había nacido con el uniforme de camarero puesto, eso decía. Nieto e hijo de camareros, llevaba practicando el oficio desde los catorce años y ya había cumplido los treinta y cinco. Era todo un veterano.

El restaurante se llamaba La Calita, y estaba frente al mar. Solo una estrecha carretera lo separaba de la playa. Tony, en las escasas ocasiones en las que no tenía mucha faena, se paraba en la entrada con la mano sobre la frente y observaba el agua azul verdosa. Era la segunda vez que veía el mar en su vida —la primera fue en Valencia, hacía unos años, un fin de semana que se fue de marcha con un colega—, y tenía muchísimas ganas de darse un baño y de tirarse en la arena a tomar el sol, pero hasta el momento le había resultado imposible. Como no tenía un duro, le había pedido al dueño que le dejara ir también los días libres y le pagase en negro para poder ir tirando hasta cobrar la primera nómina.

Nada de lo que le habían contado los otros le preparó para la avalancha de clientes que empezaron a llegar a partir de julio. El restaurante se llenó de españoles ruidosos y de extranjeros —un poco menos ruidosos, pero más excéntricos—, que siempre pedían lo mismo: paella y sangría, como si no hubiera nada más en la carta.

Y Tony aprendió a chapurrear lo imprescindible en inglés, francés y alemán. Y como era simpático, siempre recibía buenas propinas.

En las seis semanas que llevaba allí trabajando perdió ocho kilos y ganó musculatura en los brazos y en las piernas. Nunca había andado tanto en toda su vida, de la cocina a la sala, de la sala a la terraza y vuelta a empezar. Y con las manos siempre ocupadas con platos, fuentes y bandejas.

Era un trabajo muy duro.

Se organizaban dos turnos de comida y cena. El primer turno era el de los extranjeros, que comían sobre las doce y cenaban a las seis. Y el segundo, el de los españoles: comida a las dos y media y cena a las diez. El personal esperaba a que el restaurante se vaciase para poder hacerlo, y era tal el volumen de trabajo, que muchas noches era la una de la madrugada cuando conseguían sentarse a cenar.

Tony nunca llegaba a casa antes de las dos o tres de la mañana.

Estaba hecho polvo, pero sabía que la pasta que iba a sacar en esos cuatro meses le iba a servir durante un largo tiempo para poder seguir pinchando, y no tendría que buscarse un curro más formal cuando volviera a Madrid. Además, también podría mandarles más dinero a sus padres.

Una noche de sábado, lleno de curiosidad, fue a tomar una copa después de cerrar, y terminó recayendo en el Penelope Beach Club, que estaba a pocos minutos andando. Todo el mundo conocía el mítico cartel de la discoteca: la silueta de la cara de una chica de pelo largo con un sombrero de alas anchas. Mucha gente llevaba la pegatina en la parte trasera del coche, aunque nunca hubiera estado en Benidorm.

El local estaba repleto de gente y no se podía andar sin restregarse contra otros cuerpos. Pinchaban música disco y él era un poco más de rock, pero disfrutó de la fiesta. Se bebió dos cubatas, bailó y se largó con una sueca a la playa. No había conseguido intercambiar ni una sola palabra con ella, pero para el sexo no hacía falta hablar mucho.

Al día siguiente acudió al trabajo con resaca y sin haber dormido. Mientras servía paellas y mariscadas, aguantaba las náuseas como podía, y se prometió a sí mismo que nunca más bebería ni volvería a salir por ahí.

Además de Salva y él, había otros tres camareros de sala, dos más detrás de la barra del bar, el cocinero y tres ayudantes. Tony se llevaba bien con todos, pero con Salva había hecho una gran amistad, a pesar de la diferencia de edad.

Esa tarde de domingo de finales de julio, antes del primer turno, ambos se encaminaron al «fumadero», así llamaban a la callejuela estrecha que había en la parte trasera, donde también estaban los cubos de basura. La gran cantidad de colillas aplastadas sobre el asfalto era la prueba inequívoca del uso que le daban. Tony se sacó el paquete de Fortuna del bolsillo del pantalón y extrajo dos cigarros. Le tendió uno a su compañero y le ofreció fuego. Luego se encendió el suyo y dio una calada honda. Le sentó bien el humo al bajar por la tráquea y entrar en los pulmones.

—No sé cómo coño has aguantado sin librar tanto tiempo. Estás como una cabra.

—Necesitaba la pasta. Ahora que ya he cobrado, mañana lunes me lo pillo fijo. Tengo ganas de bañarme en el mar y luego tumbarme al sol y quedarme frito —comentó con tono soñador—. Hace años que no piso la arena de una playa.

—Como me he criado aquí, estoy hasta los cojones de playa. Solo voy por los críos.

Hablaron un poco sobre fútbol mientras apuraban los cigarros. Tony era del Atlético de Madrid y el otro del Valencia, pero no se picaban demasiado. Ninguno de sus equipos había ganado la liga ese año; al menos los dos se habían clasificado para la Copa de la UEFA.

Justo cuando estaban a punto de regresar al interior, la cabeza de Javi, otro de los camareros, asomó por la puerta.

—Preguntan por ti, Tony. Son las inglesitas.

—¿Otra vez? —se rio Salva—. Vaya pichabrava eres. Claro que, con ese tipo que tienes, cualquiera. Eres un cabroncete. Te has pillado una talla más pequeña de pantalón, adrede.

—Soy guapete —bromeó.

Lo cierto era que, desde que había llegado, se había dado cuenta de que su aspecto gustaba mucho a las extranjeras. Era moreno de pelo y piel, con los ojos castaños profundos y muy expresivos. Él disfrutaba con el tonteo porque las propinas merecían la pena.

Las inglesitas eran cuatro chicas que acudían a cenar todas las noches desde hacía días. Una de ellas, pelirroja, no dejaba de mirarle, así que él se acercaba a la mesa constantemente a preguntarles si todo estaba bien, y le enviaba miradas cargadas de fuego. La chica no estaba mal y sabía que la tenía a punto de caramelo. Quizá hubiese llegado el momento de entrarle y preguntarle en qué hotel se alojaba.

Las jóvenes reaccionaron como siempre cuando se acercó a tomarles nota, con risitas y miraditas. Él chapurreó un saludo en inglés exponiendo todo su encanto. Ellas le contemplaron embelesadas. La pelirroja incluso se sonrojó.

—¿Qué van a querer las chicas más lindas de toda la playa?

Puso énfasis en la palabra lindas y ellas parecieron entenderle porque hubo más risitas y sonrojos.

—Paella de marisco y sangría —contestó la morena en un español muy básico.

Tony suspiró para sus adentros, pero fingió una sonrisa espléndida y lo anotó en su libreta.

—No me lo digas —se rio Jordi, uno de los ayudantes de René, el cocinero, cuando le dio la comanda—. Paella de marisco.

Tony asintió con cinismo. Luego fue a la barra.

—Sangría, ¿verdad? —le dijo Simón, también con una risa, cogiendo una jarra de cristal.

—No sé ni para qué tomo nota.

Tanto la sala interior como la terraza, que estaba bajo un toldo de rayas azules y blancas, comenzaron a llenarse. Las voces en varios idiomas llenaban el ambiente. Tony tenía varias mesas a su cargo, así que no podía dedicarse en exclusiva a las inglesitas. Aun así, cada vez que pasaba cerca, les sonreía con picardía, especialmente a la pelirroja, que ponía morritos y hacía caídas de pestañas.

Joder, tenía ganas de echar un polvo y estaba claro que ella también. Desde la sueca —y de eso hacía días—, no se había comido una rosca.

Cuando pidieron la cuenta, se la llevó en un platito metálico.

—¿Todo bien? *¿All good? ¿You like food?*[1]

Ellas asintieron con entusiasmo y cuchichearon mientras la que llevaba la voz cantante sacaba unos cuantos billetes de mil pesetas y los ponía en el plato.

Tony cogió el dinero. Estaba a punto de marcharse cuando la pelirroja se decidió a hablar.

---

[1] ¿Todo bien? ¿Os gusta la comida? (en un inglés erróneo).

—Tu… nombre.

—Tony. Como Tony Manero. *Fiebre del sábado noche.*

Le miraron sin comprender hasta que él hizo el típico paso de baile de Travolta en la película.

—Oh, Tony… *Saturday night fever!*

Aplaudieron con entusiasmo mientras repetían su nombre.

—Eso es. ¿Y vosotras? —Las señaló.

—Meg, Susan, Caroline y Gracie —dijo la morena.

Vale, así que la pelirroja se llamaba Gracie.

—¿Tú libre esta noche? —preguntó ella de repente.

Sus amigas se echaron a reír.

—Acabo tarde. *Very late.*

—Ohhh. —Se mostró desencantada—. ¿Hora?

—A la una. *One* —dijo, elevando un dedo en el aire.

Pediría el favor a sus compañeros para que recogieran y cerraran ellos, y así poder salir antes.

Ella cogió una servilleta, sacó un boli del bolso y apuntó algo en ella. Se la dio.

Él echó un rápido vistazo.

Hotel Pelícanos. Room[2] 219

Le sorprendió. Había creído que primero irían a tomar una copa o a bailar, pero la tía era lanzada.

---

[2] Habitación.

—¿Tú vienes? —inquirió ella con ansiedad.

—Sí —dijo con una sonrisa y se guardó la servilleta en el bolsillo—. ¿Todas en hotel para mí? —preguntó con fingido espanto.

Rieron a carcajadas al tiempo que negaban con la cabeza y señalaban a Gracie.

Él pretendió abanicarse.

Cuando se fue a la caja registradora para que Santi le cobrase, pudo sentir las miradas de las chicas sobre la nuca.

—Esta noche, ¿no? —se rio Santi.

—¿Tanto se ha notado?

—Se le cae la baba contigo. Eres un ligón.

—¿Tú también? Menuda fama tengo y eso que llevo semanas currando como un bestia y casi no he podido salir a ligar.

—Rapidito lo recuperas. Se te nota que te va la marcha. Cuando quieras, salimos alguna noche y te llevo a sitios de puta madre donde hay un montón de extranjeras que solo quieren pillar cacho con españoles.

—Claro.

Regresó a la mesa de las inglesas, pero estas ya se habían levantado y se dirigían hacia el exterior. Gracie se despidió de él agitando la mano.

—Joder, sí que tienen pasta —murmuró mirando el plato con las vueltas. Habían dejado más de seiscientas pesetas.

No era la primera vez que recibía una cantidad semejante. Los extranjeros dejaban grandes propinas; por el contrario, los españoles no tenían esa costumbre y solo depositaban unas pesetillas en el plato.

Antes de que comenzara el segundo turno de cenas, Tony y Salva volvieron a escaparse a fumar un cigarrillo. Javi se les unió. Tony les enseñó la servilleta y preguntó por el hotel.

—Está cerca. Sales de aquí y vas para el Rincón. Te metes por la calle Castellón para arriba y atraviesas la avenida del Mediterráneo y sigues hasta la calle Gerona y luego giras y ahí está. No tiene pérdida —indicó Salva.

—¿Y si me dibujas un plano? —dijo con sarcasmo.

—¿Y si te meto en la camita de la inglesa también? —soltó con retintín.

Los tres rieron.

—Yo te digo cómo ir —se inmiscuyó Javi.

—Me tenéis que hacer un favor. Me tengo que ir antes de la una. Os voy a dejar tirados limpiando.

—Bah, no te preocupes. Ya te tocará a ti cubrirnos.

—Y necesito condones. ¿Tenéis, por casualidad?

—No suelo traer al curro —se burló Salva.

—Hay una farmacia de guardia aquí cerca —dijo Javi.

Apagaron los cigarrillos y volvieron al local.

Cuando llegaban los españoles el restaurante se transformaba. Al dueño le gustaban el Fary, Manolo Escobar y Rocío Jurado, así que se cambiaba la música. Las conversaciones de los clientes aumentaban de volumen y había más jolgorio en las mesas. Se trataba a los camareros con familiaridad. Se les chistaba para que acudieran a servir o se les llamaba «niño», aunque alguno, como Eugenio, tuviera sesenta años. Y el cocinero descansaba de hacer paellas, porque el arroz estaba destinado a comerse por el día y no por la noche. Cualquier español sabía eso. Así que se servían muchas mariscadas y frituras de pescado.

El sol se ponía cuando Tony se encaminó hacia la terraza para tomar nota a una familia que acababa de ocupar una mesa. Por un instante, se quedó mirando los impresionantes colores anaranjados y rosas que iluminaban el horizonte y desaparecían detrás de los edificios y la montaña.

¡Qué belleza!

Giró la cabeza para atender a los clientes, un poco cegado por la luz, y por el rabillo del ojo, vio una silueta de mujer vestida de blanco que caminaba por la acera. Pestañeó varias veces hasta conseguir aclarar la vista.

El corazón comenzó a latirle muy deprisa.

Ella andaba con soltura y la falda del largo vestido se enredaba entre sus piernas. Era delgada y muy joven. Su piel era de color dorado y el largo cabello rubio le ondeaba sobre los hombros. Unas cuantas pecas cabalgaban sobre una nariz respingona, y sus labios gruesos de color coral esbozaban una sonrisa perfecta. Tenía los ojos claros.

Iba con más gente, pero él solo se fijó en ella.

Se le olvidó que tenía clientes esperando y la siguió con la mirada mientras pasaba a escasos centímetros de él. Por un segundo, compartieron espacio y aire, pero ella ni siquiera se percató de su presencia.

Nunca en la vida había visto semejante preciosidad.

Acababa de enamorarse.

Capítulo Dos

Anna

El ambiente era extraordinario. Un restaurante en primera línea de playa, con el mar de fondo y las bellísimas tonalidades del cielo crepuscular. Rodeada de gente ruidosa y escuchando música española. Y con la mejor compañía: Silke, su mejor amiga, y dos nuevas amigas españolas.

Estaba feliz.

Había estado con su familia en un pueblo costero cercano a Benidorm hacía mucho tiempo y le resultó fascinante. Para una cría de ocho años todo era de colores en España. Recordaba la cálida temperatura del agua, tan diferente a la de Sankt Peter-Ording, en el mar del Norte, donde solían veranear. Recordaba el sol ardiendo sobre la piel. La amabilidad de la gente, que siempre se paraba a admirarla a ella y a sus hermanos mayores porque los tres eran muy rubios, con el pelo casi blanco. Lo pintoresco de los negocios y locales. Y, sobre todo, recordaba las ganas de cantar y bailar que tenía todo el mundo y los cohetes y petardos en las fiestas.

Toda aquella alegría y diversión se le quedó anclada en la retina y supo que tenía que volver a ese país cuando fuera mayor.

Fue después del tercer año de universidad cuando decidió hacer el viaje de sus sueños. Había pasado el último año tomando clases de español y convenció a Silke para que hiciera lo mismo. Pese a que ambas eran buenas alumnas y se habían esforzado, cuando llegaron a la costa, se percataron de que su español no era suficiente para entenderse con los lugareños. Los españoles hablaban muy rápido y se comían la mitad de las palabras. No obstante, no se desanimaron y trataban de practicar en cualquier lugar. En vez de acudir a negocios o bares ingleses o alemanes, iban a restaurantes y tiendas españolas para imbuirse del ambiente y del idioma.

El piso en el que residían era de la familia de Silke y estaba situado en la planta veinte de un rascacielos que había frente al mar. Cada vez que Anna se asomaba al balcón, un extraño vértigo se apoderaba de ella y el estómago le daba un vuelco. Las vistas eran tan impresionantes que a veces se quedaba allí inmóvil, sin poder apartar los ojos del horizonte y del islote que sobresalía en medio del agua. Había muchos tonos vibrantes de azul entre el cielo y el mar: cobalto, añil, turquesa, índigo, zafiro…, y a Anna le maravillaban todos ellos.

No eran solo los días, también las noches la enamoraban. El mar oscuro, la luna arrancando reflejos a las aguas y el cielo estrellado. Era como encontrarse en un reino paradisíaco. Y en las calles, la alegría se respiraba por doquier, las luces de neón adornaban las fachadas y el bullicio y las ganas de diversión revoloteaban por todas partes.

Benidorm la tenía embelesada.

Al lado del edificio donde vivían, había una discoteca con nombre de mujer: Penelope. Habían bajado unas cuantas veces a divertirse y les agradó el ambiente. Sonaba música disco y había gente de todas las nacionalidades pasándolo bien y disfrutando. Ellas dos encajaron a la perfección.

Fue cinco días después de llegar cuando conocieron a Elena y a Sara. Eran españolas, mellizas, y solo dos años mayores que ellas. Se habían cruzado por casualidad en la piscina de la urbanización, y la amistad surgió rápido entre las cuatro. Sara era un poco más tímida que su hermana, Elena, que era graciosa y extrovertida. Tampoco físicamente se parecían mucho. Elena era morena y llevaba el pelo corto, y Sara tenía el cabello largo y más claro. Sus padres tenían un piso en propiedad en el edificio y desde que eran pequeñas acudían todos los años de vacaciones, por lo que conocían bien la ciudad.

La primera noche que salieron con las mellizas fueron a las discotecas de la carretera. Estaban a las afueras de Benidorm y tuvieron que ir en taxi. Silke y Anna no esperaban encontrar esas enormes naves a ambos lados de la carretera, casi en medio del campo. Pasaron por delante de una que tenía forma de platillo volante y que disparaba un láser al cielo, y ambas pegaron la nariz al cristal de la ventana, asombradas. Las luces de neón de las discotecas iluminaban la calzada de diferentes colores y había muchos coches y mucha gente en los alrededores.

El taxi se detuvo frente a una construcción baja de color blanco rodeada de palmeras, que tenía el mismo nombre y logo que el pub de la playa: Penelope. La música se podía escuchar desde el exterior y había que hacer cola para entrar, pero las mellizas les aseguraron que era el mejor local de toda la zona.

El lugar era gigantesco. Tenía varias salas interiores, con pistas de baile, y en el exterior había piscinas, varias terrazas y barras. Anna nunca había estado en una discoteca al aire libre. Había ido en varias ocasiones al Trinity en Hamburgo, que era uno de los locales más grandes y famosos de la ciudad, pero el ambiente no tenía nada que ver.

Bebieron alcohol hasta emborracharse, se fumaron unos porros que Elena había conseguido de no se sabía dónde, se rieron de todo y bailaron muchísimo. La música era similar a la que estaba de moda en Alemania, mucho techno, dance y house. Y Silke se morreó con un italiano en medio de la pista mientras sonaba *Ride on Time* de Black Box.

Fue una noche grandiosa.

Para recordar.

Cuando abandonaban la discoteca ya era de día y había un gran colapso de coches y gente frente a la puerta. Elena propuso regresar andando, ya que iba a ser imposible conseguir un taxi y solo estaban a veinte minutos a pie de la playa.

Los veinte minutos se alargaron hasta convertirse en una hora, porque caminar con tacones por un arcén lleno de hierbajos no era fácil. Terminaron quitándose los zapatos y andando descalzas. Los coches que las adelantaban tocaban el claxon y algunos conductores sacaron la cabeza por la ventanilla y gritaron algo. Anna y Silke no entendieron ni una sola palabra, y Elena y Sara no quisieron traducir.

Al fin, exhaustas, llegaron a su destino.

Cuando Anna cayó en la cama, después de quitarse el vestido, se prometió que la próxima vez intentaría ser más moderada —le dolían la cabeza, los pies y hasta un músculo debajo de la oreja que no sabía que tenía—, aunque mientras lo pensaba ya sabía que se engañaba a sí misma.

Volvería a hacerlo y a darlo todo.

Había pasado una semana de aquella salida y Elena y Sara propusieron cenar fuera y luego ir a la playa con unos chicos de Madrid que habían conocido el día anterior.

Anna y Silke aceptaron sin remilgos. Salir con las mellizas aseguraba la diversión.

Previendo que la noche podría alargarse, decidieron prescindir de los tacones y ponerse sandalias planas, algo que alegró bastante a las mellizas, que siempre se quejaban de la diferencia de altura. Anna y Silke llegaban al metro ochenta, ellas, en cambio, no pasaban del metro sesenta.

El restaurante no estaba lejos de los apartamentos. Los padres de las dos españolas iban allí con frecuencia y decían que el marisco era muy fresco y estaba delicioso.

Había mucha gente, pero tuvieron suerte y encontraron una mesa en la terraza.

Mientras esperaban al camarero, Elena comenzó a hablar con su hermana a una velocidad imposible de seguir y Anna desconectó. De improviso, Silke le pegó un codazo.

—¿Recuerdas al chico alto español que estaba en Penelope? El que bailaba genial y que iba vestido de negro, que luego se fue con una rubia.

Anna asintió. Lo recordaba bien porque le había parecido espectacular. Ellas estaban en un extremo de la barra, y él, a unos metros, bailando en la pista con una chica. No pudo evitar fijarse porque era muy atractivo. Con los ojos oscuros, el pelo negro y la camisa desabrochada por la que asomaba el comienzo del vello de su pecho. Tenía un aspecto muy latino, tal y como a ella le gustaban los chicos. Y se movía de un modo sensual casi felino. Si hubiera estado solo se habría acercado a presentarse, pero no hubo opción porque él abandonó la discoteca poco después con la rubia despampanante.

—Creo que es el camarero —continuó su amiga.

Estaba a punto de girarse para mirar cuando Sara le tocó el brazo.

—¿Pedimos sangría?

Todas asintieron.

De la nada, notó una presencia a su lado.

—Buenas noches, señoritas.

La voz era agradable, cálida, un poco áspera y tenía un toque de humor. No sabía por qué, pero estaba segura de que era él.

Una mano morena dejó las cartas encima de la mesa. Tenía los dedos largos y vello en la muñeca y en el brazo. Llevaba una pulsera de cuero.

Anna alzó la vista llena de curiosidad.

Sí, era el mismo de aquella noche.

Vestía con pantalón y camisa negra. Unas ondas del flequillo le caían sobre la frente con descuido, y sus ojos, envueltos en pestañas largas y negras, eran oscuros como un cielo nocturno. Sus labios esbozaban una sonrisa perezosa, que hizo que se le acelerara el corazón.

De cerca era aún muchísimo más guapo.

Desde su llegada a Benidorm había visto a unos cuantos españoles guapos, pero ninguno como ese.

Le costó apartar la vista y fijarla sobre sus amigas, que estaban pidiendo la sangría.

—¿Te pasa algo? —preguntó Elena cuando él se marchó.

—El camarero —dijo Silke con un fuerte acento—. Vimos una noche en Penelope. Anna dice muy bonito.

—No está mal, pero me gustan los rubios.

Anna rio.

—En Alemania muchos rubios. Yo quiero morenos como ese.

—Cuando venga a traernos la sangría le preguntamos cómo se llama —propuso Sara.

A Anna seguía sorprendiéndole lo abiertos que eran los españoles. En Alemania, a ella jamás se le hubiera ocurrido preguntarle el nombre a un camarero, pero allí todo parecía natural.

Ojearon la carta y se decantaron por una mariscada para cuatro.

—¿Los chicos de Madrid? —preguntó Silke con brusquedad.

Su español era peor que el de Anna, sin embargo, las mellizas la entendieron.

—Hemos quedado a las doce y media aquí. —Elena señaló la playa—. Es un grupo de estudiantes de Económicas. Están de vacaciones. Son seis. Dos guapos, dos feos y dos normales.

—Yo quiero guapo —intervino Silke con una risa.

—A mí me da igual porque hace tiempo que no estoy con ningún chico. Me sirve cualquiera mientras se haya duchado —suspiró Sara.

Anna rio y le tradujo a su amiga que no había entendido.

—Viene el camarero —bisbiseó Elena.

Inmediatamente, el corazón de Anna se aceleró. Fijó la vista en el mantel. No solía ponerse nerviosa con los chicos. Era bastante segura de sí misma, pero ese joven…

—Aquí tenéis la sangría, señoritas. ¿Sabéis ya lo que vais a pedir?

Esa era otra cosa que la extrañaba muchísimo: el tuteo. No estaba acostumbrada a tutear a desconocidos.

—La mariscada Levante —dijo Elena, tendiéndole las cartas—. ¿Cómo te llamas?

Él tardó en contestar.

—¿Cuál de las cuatro quiere saberlo?

Ella no vaciló y se giró para encararle.

—Yo —repuso con determinación.

Quizá todo fue producto de su imaginación, pero él le lanzó la mirada más seductora del mundo y la expresión de su rostro cambió, iluminándose.

¿Acaso también se había fijado en ella? ¿O era un conquistador nato que reaccionaba igual con todas? Recordó a la rubia con la que bailaba en Penelope y su entusiasmo disminuyó un poco.

—Soy Tony. ¿Y tú?

—Anna.

—Anna. Me gusta. ¿Alemana?

Ella asintió.

Seguían mirándose fijamente como si no hubiera nadie más en el restaurante, pese a que estaba lleno y el ruido de las conversaciones y la música eran elevados.

Le gustó cómo había dicho su nombre, enfatizando la ene. Los españoles solían pronunciarlo como si tuviera una sola.

Entonces él le sonrió. Era una sonrisa franca, diferente a la tentadora de antes. Dejaba al descubierto una dentadura casi perfecta. Tenía los colmillos un poco puntiagudos, pero eso solo le otorgaba más atractivo.

Ella le devolvió la sonrisa.

Por un instante le vio perder algo del aplomo que exudaba. Una pequeña chispa de timidez acudió a su mirada.

Él terminó por carraspear y dar un paso atrás.

—Ahora mismo viene la mariscada —dijo.

Y se fue.

Anna le siguió con la vista. El pantalón le quedaba de miedo y, tal y como recordaba, su forma de moverse era casi felina. Sintió que el calor se le concentraba en el vientre.

—Menudo flechazo —murmuró Elena.

—¿Flechazo? —Silke frunció el ceño—. ¿Dispara flecha?

Anna también estaba desconcertada.

Sara y Elena se rieron a carcajadas.

—No. Flechazo es cuando te enamoras de alguien rápido.

—*Liebe auf den ersten Blick* —dijo Anna—. En alemán dices amor a la primera vista.

—Es atractivo y le gustas —dijo Sara.

—¿Sí?

Todas estuvieron de acuerdo.

—Gusta también. Pero creo que es hombre con muchas chicas. En Penelope estaba con rubia.

—Cuando venga le preguntamos si tiene novia —propuso Elena con picardía.

Anna y Silke rieron.

—Españoles estáis locos —dijo esta última.

Tony llegó con la mariscada y una cesta de pan y dejó todo en el centro de la mesa.

—¿Tienes novia? —disparó la española.

Él se rio entre dientes y miró a Anna de soslayo.

—No.

—Yo tampoco —dijo ella con rapidez.

Volvieron a sonreírse.

—Perfecto, entonces —dijo él antes de marcharse.

Hubo unos cuantos aspavientos de las otras. Ella mantuvo la serenidad, a pesar de que un vendaval se le acababa de instalar en el pecho.

Como siempre, tuvo que ayudar a Silke a pelar el marisco. Ella había estado con su familia de vacaciones en Noruega, en Trondelag, un lugar típico por las cigalas y los cangrejos y allí había aprendido. Era un proceso un poco sucio, pero en la cestita de pan había sobres de toallitas húmedas de limón.

Mientras comían, se contaron anécdotas y bromearon por los malentendidos que se originaban con los dos idiomas.

Las mellizas procedían de un ambiente acomodado, como ellas mismas. No era solo por la forma de vestir o la indiferencia a la hora de gastar dinero. Por lo que contaban —y hablaban muchísimo—, vivían en una buena zona de Madrid y habían ido a colegios y universidades privadas. Elena acababa de licenciarse en Biología y Sara en Filología Hispánica.

Silke y Anna eran más reservadas. No estaban acostumbradas a revelar tanto de sus vidas y situación personal —era una cuestión cultural—, aunque era difícil resistirse a contestar las preguntas de las mellizas, que eran muy curiosas y querían saberlo todo sobre ellas.

Los ojos de Anna buscaban todo el rato a Tony, que andaba rápido de una mesa a otra, sirviendo platos y bebidas. Era evidente que tenía mucho trabajo y no disponía de tiempo para entretenerse, pero sus miradas se cruzaron en varias ocasiones.

—Vaya conexión —observó Sara.

Ella le dio la razón internamente. Nunca le había pasado nada igual.

Cuando él se acercó a la mesa para preguntarles si querían postre, dijeron que no y pidieron la cuenta.

—¿Todo bien, chicas? —les preguntó al regresar con la nota—. *Alles gut?*

—¿Hablas alemán? —Silke dio unas palmaditas, entusiasmada.

—No —rio él—. Solo *Alles gut. Willkomen. Danke. Ein Bier*[3] —se interrumpió pensativo—. *Du bist schön. Möchtest Du tanzen?*[4] y otras palabras groseras que me enseñan los clientes. Ah, se me olvidaba, también sé: *Zu mir oder zu dir?*[5] —lo dijo con tono provocador, mirando a Anna.

Ella tuvo que coger aire.

Era innegable que se trataba de un conquistador. Y lo peor de todo era que la estaba conquistando.

—Estaba todo buenísimo —dijo Elena, sacando la cartera.

---

[3] Todo bien. Bienvenidos. Gracias. Una cerveza.
[4] Eres guapa. ¿Quieres bailar?
[5] ¿A tu casa o a la mía?

Pagaron entre las cuatro, y él permaneció allí de pie, esperando.

—Quédate con el cambio —dijo Sara, tendiéndole el plato.

—Muchas gracias.

Cuando Anna se levantó de la silla, se percató de que él le sacaba unos cuantos centímetros. Le sorprendió porque la mayoría de los españoles no eran muy altos. Estaba tan cerca que se fijó en pequeñas cosas que antes le habían pasado desapercibidas. Llevaba una cadenita de plata al cuello y tenía un agujero en la oreja.

Se despidieron y ella se quedó la última, indecisa. Tenía el estómago encogido y no quería marcharse así, sin hablar más con él. Le hubiera gustado preguntarle que si quería ir a tomar algo con ella cuando acabara el turno. Pero no pronunció palabra, solo levantó la mano en un gesto de despedida.

—¿Voy a volver a verte? —preguntó él cuando estaba a punto de salir.

Su corazón se saltó un par de latidos.

—Sí —respondió con un jadeo.

—¿Cuándo? —Había impaciencia en su voz.

—No sé. Volveré.

Él asintió.

Entonces ella se giró y echó a andar detrás de sus amigas que ya habían cruzado la carretera y se dirigían a la playa.

Le temblaban un poco las piernas y notaba las mejillas acaloradas.

¿Cómo era posible que ese tipo fuera tan irresistible?

Capítulo Tres

Tony

—¿Tú no te ibas a la una? —le preguntó Salva, acercándose.

Tony, que estaba barriendo la terraza, se encogió de hombros.

—Cambio de planes. ¿Qué hora es?

—Las dos menos cuarto. Nosotros ya hemos acabado dentro. ¿Te queda mucho?

—No. Ya termino.

Cuando volvió a quedarse solo, barrió el suelo por tercera vez. Si seguía así, pasando la escoba por el pavimento, iba a terminar sacándole brillo. Pero desde allí tenía las mejores vistas a la playa y a la escena que se desarrollaba ante sus ojos a unos cincuenta metros de distancia. No había mucha luz en el arenal, pero el vestido blanco de Anna destacaba en la penumbra.

Hacía más de una hora que un grupo de chicos se había unido a las cuatro muchachas. Estaban todos sentados en la arena, bebiendo y fumando. Se podían oír también las carcajadas y hasta un rastro de música.

Alguno de los chicos tenía que haber llevado una radio.

Al ver que las jóvenes, después de marcharse, se quedaban en la playa, pasó de la cita con la inglesa. De cualquier modo, solo tendría a Anna en la cabeza. Esos ojos azules, esos labios, esas pecas, la voz grave y su actitud serena y madura…

¡Joder! Estaba impresionado.

Había pasado todo lo que restaba del turno de cenas equivocándose con los platos y cobrando mal a los clientes, mientras trataba de estirar el cuello y ver lo que ella hacía en la playa.

Había salido con muchas chicas en su vida, pero nunca le había sucedido algo similar: esa especie de puñetazo en el tórax que sintió cuando la vio.

Sí que le había pegado fuerte.

Ella debía de haber sentido algo parecido porque la había visto mirando en su dirección varias veces. No podía distinguir sus facciones, pero tenía claro que estaba tan pendiente de él como él lo estaba de ella.

La española de pelo corto se estaba enrollando con uno de los chicos y se había alejado unos metros. La alemana morena también estaba intercambiando morreos con un chaval y la otra española hablaba con dos de los jóvenes. Eso dejaba a Anna a merced de un tipo bajito vestido de oscuro, que no cesaba de echársele encima.

Cada vez que Tony veía como ella trataba de apartarse, le ardía la sangre.

—¿No ves que no está interesada, gilipollas?
—masculló entre dientes.

Enfadado, echó el cierre delantero del restaurante y regresó al interior para dejar el cepillo y el recogedor. Luego apagó las luces de un manotazo. Solo quedaban ya Salva y Eugenio en la parte trasera. Estaban hablando, haciendo tiempo a que él terminara para marcharse. Se despidieron con una breve charla insustancial y, después, cada uno tomó un camino.

Tony no se lo pensó mucho. En lugar de dirigirse hacia su piso, regresó a la parte delantera del local. Se apoyó en la fachada y se encendió un cigarrillo. Los otros negocios que había en esa parte de la calle habían cerrado ya, así que la oscuridad se convirtió en su cómplice para poder espiar al grupo.

No obstante, la calle no estaba desierta. Algunos jóvenes caminaban por la acera de enfrente. Con toda seguridad, de camino a los pubs donde estaba la marcha.

Anna no volvió a mirar en su dirección. Seguro que creía que él ya se había ido.

—No tienes ni idea de lo persistente que puedo llegar a ser cuando quiero algo —murmuró con una sonrisa lobuna.

Ella volvió a apartarse del moscón. Incluso se puso de pie para sacudirse la larga falda del vestido, y cuando se sentó de nuevo, lo hizo a más de un metro de distancia del chico, pero este no entendió el mensaje, o no quiso entenderlo, y se aproximó a ella otra vez.

Tony gruñó. Le dio una última calada al cigarro y luego arrojó la colilla al suelo.

Con determinación, se encaminó al arenal. No se molestó en quitarse las deportivas. Sus compañeros solían usar zapatos, pero él prefería las gastadas John Smith 412 negras, que encajaban bien con el uniforme del restaurante y que no le destrozaban los pies.

De unas quince zancadas se plantó al lado del grupo. Sonaba una canción que había estado de moda hacía dos o tres veranos, la de *Voyage, Voyage* que él había escuchado mil veces.

Un par de cabezas se volvieron en su dirección, pero las ignoró.

Ella giró la cara y, al descubrirle, una expresión mezcla de estupefacción y alivio se reflejó en sus facciones.

—¿Nos vamos? —dijo él, tendiéndole la mano.

Anna no titubeó. Dejó que la ayudara a levantarse, recogió las sandalias de la arena, y se despidió con prisas en español y en alemán.

Ambos echaron a andar hacia la acera en silencio, ignorando las voces curiosas que quedaban a su espalda. Había un banco de madera no muy lejos y Tony la condujo hasta allí. Se sentaron y él tendió la mano hacia las sandalias que ella llevaba colgando de los dedos de la mano izquierda. Le contempló perpleja, pero se las dio.

Él había entrado en modo piloto automático y no estaba seguro de lo que hacía, pero se dejó llevar. Se agachó, le cogió una pierna y la colocó sobre su regazo. Tenía los pies delgados y largos y llevaba las uñas pintadas de un color claro, quizá rosa. Le sacudió la arena con delicadeza y luego le puso la sandalia. Hizo lo mismo con el otro pie.

En ningún momento habló con ella o la miró.

A pesar de lo insólita que pudiera resultar la situación, a Tony le pareció mágica. Ni él era un príncipe ni ella era Cenicienta, pero no se podía negar que lo que acababa de suceder era algo muy especial.

—¿Quieres dar un paseo? —propuso finalmente, elevando la cara y disimulando su inquietud.

Ella estaba muy seria, pero le brillaban los ojos. Asintió.

Se incorporaron y echaron a andar uno junto al otro.

—Gracias.

No sabía si le estaba dando las gracias por haber ido a buscarla a la

playa o por haberle puesto las sandalias. Tampoco se lo preguntó.

—De nada.

La miró varias veces de soslayo. Era alta, aunque no tanto como él, que alcanzaba el metro ochenta y ocho. Era muy esbelta y tenía una buena mata de pelo de diferentes tonalidades rubias, más oscuro cerca de la raíz y más claro en las puntas. De perfil, su nariz respingona destacaba con gracia.

—Miras mucho —soltó ella de repente.

«Pillado».

—¿Te molesta?

—No —repuso con una sonrisa.

Él también sonrió.

—¿Estás de vacaciones?

—Sí. Hasta septiembre. ¿Tú vives aquí?

Su acento era encantador. La letra erre salía de su garganta con dificultad.

—No. Soy de Madrid. He venido a trabajar este verano.

Le habría dado veinte mil explicaciones más. Solía ser muy hablador, pero no sabía si su español era lo suficientemente bueno para entender todo. Además, tenía que admitir que le imponía su presencia.

—¿No trabajo en Madrid?

—Un poco. Soy pincha.

—¿Pincha? —repitió ella y le miró con la nariz arrugada—. ¿Pincha con aguja? ¿Médico? ¿Enfermero?

Él no pudo evitar echarse a reír.

—*Disc-jockey*.

—Oh, música.

—Sí.

Anna rio un poco. Tenía una risa arrebatadora, aunque Tony había dejado de ser objetivo desde que posó los ojos sobre ella. Pese a que parecía bastante joven, su actitud delataba que no estaba en el instituto, de todos modos, quiso asegurarse.

—¿Tú trabajas?

—No. Estudio… *Jura*.

¿Jura? ¿Qué narices era eso?

—Eh… abogado —explicó ella.

—Ah, vale. Estudias Derecho.

—Sí.

—¿Te gusta?

Vio que ella torcía la boca.

—No mucho, pero mejor que medicina. Mis padres son médicos. Mis hermanos estudian medicina. Yo odio la sangre.

Así que era una niña bien. Tony ya lo había supuesto por la forma de vestir y de moverse. Rezumaba clase. Si sus padres eran ambos médicos, seguro que tenían mucha pasta.

—Si no te gusta el Derecho, ¿qué te gusta?

—No sé. Pintar. Dibujar. O flores y plantas. Pero mis padres quieren Derecho —suspiró—. ¿Y tú? ¿Qué gusta?

¿Qué le gustaba? Había terminado el bachillerato, pero como no quería ir a la universidad, no hizo COU[6] y empezó a trabajar en un almacén, descargando mercancía. Allí estuvo cinco años hasta que le salió el curro en el Sacrilegio. No había nada concreto que le llamara la atención, solo la música, aunque ya había comprobado que era muy complicado ganarse la vida con ello.

—Me gusta la música.

—Por eso tú pinchas. —Ella hizo un gesto como si se estuviera hincando un alfiler en el brazo.

Tony se rio.

—Así no. A ver, está el plato con el disco —explicó mientras trataba de dibujar la descripción en el aire—. Y tiene un brazo que tú pones encima del disco. En el extremo hay una aguja, que pincha el disco. Y ya está. *Disc-jockey* en español es pinchadiscos.

---

[6] Curso de Orientación Universitaria. Era una enseñanza no obligatoria que estuvo vigente en España desde 1970 hasta el año académico 2000-2001.

—Ah, ya entiendo.

Se miraron y volvieron a sonreírse.

Siguieron caminando en silencio. De vez en cuando tenían que hacerse a un lado y dejar pasar a gente que iba más deprisa que ellos.

A Tony nunca le había faltado conversación con las chicas, pero con ella se había quedado en blanco. Tenía que admitir que estaba nervioso. Se sacó el paquete de tabaco del bolsillo y le ofreció un cigarro. Ella lo rechazó.

—¿No fumas?

—A veces.

—¿Te molesta si me enciendo uno?

Ella negó.

Él sacó un cigarrillo y lo prendió.

—¿Cuántos años tienes? —le preguntó ella de improviso.

—Veinticinco. ¿Y tú?

—Veintidós.

Se acercaban a la zona de marcha. El Penelope Beach Club estaba a escasos cuarenta metros, al otro lado de la carretera. Había varios pubs más, pero no parecían tan grandes ni concurridos. La gente se congregaba en grupitos frente a ellos.

—¿Me das? —le preguntó ella, señalando el cigarro.

Se lo tendió.

Vio cómo daba una calada y pensó que era la cosa más erótica que había visto en su vida. ¡Joder! Estaba posando los labios donde él había tenido los suyos. El calor le subió por la espalda.

Ella expulsó el humo como una experta, formando una sucesión de círculos. Luego le devolvió el cigarrillo.

Él carraspeó y se lo llevó a la boca, pero la imaginación le jugó una mala pasada porque lo único que podía ver era los labios carnosos de ella en torno al cigarro.

«Tony, hostia, echa el freno».

—¿Quieres tomar una copa? —propuso en un impulso cuando llegaron a la altura de los locales. La música disco llegaba hasta ellos con nitidez.

—No quiero beber más. Mucha sangría y cerveza en la playa. Y también un… ¿peta? Elena llama así.

—¿Fumas porros? ¿Petas? —aclaró.

—Solo a veces —contestó con un encogimiento de hombros.

Él no era un santo y en su vida había consumido de todo. Había fumado porros, esnifado coca y probado sustancias más chungas. Pero después de ver los estragos que, sobre todo la heroína, provocaba en las personas —dos de sus amigos más cercanos estaban muy enganchados y daban pena—, decidió que las drogas no eran lo suyo. El tabaco, el alcohol y la música le bastaban.

—Parecemos ajedrez —señaló ella. Le costó pronunciar la última palabra. Era evidente que la erre y la jota se le resistían.

La miró confuso.

—Yo vestido blanco. —Se señaló y luego le señaló a él—. Y tú, ropa negra.

—Un ángel y un demonio —comentó con una sonrisa pícara.

—Yo no soy un ángel —rechazó ella, anclando los ojos en los suyos.

A Tony le dio un vuelco el estómago. ¿Cómo podía tener unos ojos tan azules y espléndidos? Desvió la vista hacia la playa oscura y tragó saliva.

—A lo mejor yo sí soy un demonio —repuso.

Ella se rio bajito y él volvió a mirarla.

—Los demonios gustan mucho.

Aquello le dejó mudo. Esa chica no dejaba de impactarle. Se mostraba distante y seria, pero decía cosas atrevidas y le descolocaba.

Ella echó a andar y él la siguió, pero solo avanzaron unos pasos.

—Vivo ahí —dijo, señalando un bloque muy alto. Sobre la puerta aparecía un letrero en el que se podía leer Torre Coblanca.

Tony ya había sospechado que provenía de una familia de dinero, y el que pudiera permitirse vivir en primera línea de playa durante el verano se lo confirmó.

No quería despedirse de ella. Todavía no. Solo habían pasado una hora juntos.

—¿Vas mucho a Penelope? —preguntó para intentar alargar la conversación.

—A veces. —Hizo una pausa—. Veo a ti una noche.

—¿En serio?

Solo había estado una vez allí. ¡Qué casualidad!

—Tú bailas con chica rubia.

Tony entrecerró los ojos y recordó a la sueca con la que se largó a la playa a echar un polvo. Ni siquiera le había interesado cómo se llamaba.

—¿Te gustan mucho rubias? —preguntó ella y se cogió un mechón de pelo, alzándolo en el aire.

Su tono era brusco, típico de los alemanes. Y él no supo si hablaba en serio o en broma. Todavía no la conocía lo suficiente para distinguirlo. Notó que el calor le subía a las mejillas, algo que no le sucedía desde hacía años y decidió cambiar de tema.

—Mañana libro —dijo deprisa.

Ella meneó la cabeza.

—¿Un libro, mañana? No entiendo.

Él rio. Le encantaban aquellos pequeños lapsus del idioma.

—Mañana no trabajo.

—Ah, claro. Día libre. Libro —apuntó como para sí misma—. Perfecto. Nos vemos.

¿Ese *nos vemos* significaba *nos vemos por ahí* o *quedamos para vernos*?

No tuvo tiempo de preguntarle porque ella le regaló una sonrisa enorme que le robó el aliento y luego continuó hablando.

—¿Vienes y vamos a la playa? ¿Las once?

Un hormigueo de entusiasmo le recorrió el abdomen.

—Eh, claro.

Volvieron a mirarse. El ruido de los coches y las conversaciones de la gente que esperaba fuera de los pubs se entremezclaba con la música, creando una cacofonía de sonidos. Sin embargo, a Tony le pareció que no había nada ni nadie más cerca. Solo Anna con las pecas, la sonrisa y los ojos espectaculares.

Quería besarla, pero no hizo nada.

—Me voy —anunció ella y se despidió con la mano—. Mañana vemos.

Se dio la vuelta y atravesó la carretera, aprovechando que no pasaba ningún vehículo. No volvió a girarse.

Él la vio desaparecer detrás de un grupo de chicas y volver a aparecer más lejos —era fácil distinguirla con ese vestido blanco—, subió las escaleras que conducían a la entrada del edificio. Y se esfumó.

Tony se quedó allí plantado, en la acera. El corazón le latía con fuerza y sentía todo el cuerpo vibrante y enérgico como si estuviera electrificado.

Se encendió otro cigarrillo y echó a andar, sumido en sus pensamientos y deseando que pasaran las horas deprisa para volver a verla.

Capítulo Cuatro

Anna

Flechazo, peta, librar, pinchadiscos.

Cuatro nuevos términos que había aprendido y que anotó en la libreta.

Cada vez iba llenándola más y más. Había multitud de palabras que no enseñaban en las clases de español.

Echó un vistazo al reloj. Eran las once menos diez. Llevaba preparada más de media hora y había estado haciendo tiempo por el apartamento, mirándose al espejo del baño un montón de veces y paseando de habitación en habitación. La puerta de Silke estaba cerrada y no se había atrevido a despertarla, porque la había oído llegar a las siete de la mañana.

Escribió una notita con rapidez para comunicarle que se iba a la playa con Tony y que no sabía a qué hora volvería.

Cogió la bolsa con la toalla, las gafas de sol y un juego de llaves, y abandonó el piso.

Pulsó el botón de los ascensores y, mientras esperaba a que llegase uno, empezó a pensar cuál sería la mejor forma de saludar a Tony. Darle la mano, como hacían en su país, era muy frío. Pero solo imaginar en besarle las mejillas la ponía nerviosa. Desde que había llegado a España había besado a mucha gente, a fin de cuentas, era la costumbre, pero con él…

Qué tonta era.

¡Lo haría!

Se acercaría y le daría dos besos.

Se abanicó con la mano y se recolocó la melena. Le daba calor, pero se la había dejado suelta porque se veía mucho más guapa así. Además, no le gustaban demasiado sus orejas y cada vez que se hacía una coleta se sentía un poco insegura. Debajo de la vaporosa camisola de rayas de colores, llevaba un bikini rojo que le sentaba genial. Quería gustarle a Tony. Quería que él la mirase como lo había hecho la noche anterior, con la sonrisa ladeada y los ojos hambrientos.

No estaba acostumbrada a salir con chicos tan seductores. Los alemanes eran todo lo contrario, mucho más fríos, y no mostraban su deseo tan abiertamente. Mantenían las distancias, incluso cuando paseaban con sus novias por la calle. Las muestras de afecto en público que ella había observado en España, en su país no estaban muy bien vistas.

El ascensor llegó por fin y, mientras bajaba los veinte pisos, se esforzó por mantener el aplomo. No quería que él pensara que era una niña tonta. A su lado se sentía un poco intimidada. Era mayor que ella y parecía haber experimentado muchas cosas y haber vivido muy rápido. No era uno de esos niños ricos con los que se relacionaba en Hamburgo. Era obvio que sus padres no le mantenían, como a ella y a la gente de su círculo. Casi le avergonzaba confesarle que se había independizado cuando cumplió los dieciocho porque sus padres le compraron un apartamento.

No había nadie en la conserjería y salió del portal respirando deprisa. Bajó las escaleras y giró la esquina. Localizó a Tony de inmediato, a pocos metros de distancia. Aprovechó que él no la había visto todavía para recrearse en su figura.

Llevaba un bañador negro con rayas blancas en los laterales y una sencilla camiseta blanca. Una toalla amarilla le colgaba del hombro. Tenía la cara y los brazos más morenos que las piernas, pero no había mucha diferencia. El pelo se le ondulaba un poco en la nuca.

Era irresistible.

La decisión de darle la mano, un abrazo o dos besos le fue arrebatada porque él, en cuanto la vio aparecer, aparte de soltar un silbido lleno de admiración, la estrechó por el talle y le plantó dos besos. Uno de ellos tan cerca de la comisura de los labios que le temblaron las piernas.

Olía a gel de ducha. Y su mentón raspaba un poco.

Le encantó.

—Buenos días, Anna. *Du bist schön*[7]. ¿Se dice así?

Ella asintió.

---

[7] Eres/estás guapa.

Él la cogió de la mano y la guio hasta la pasarela de madera.

—Hay un huevo de gente, vamos a ver si pillamos sitio.

¿Un huevo? ¿Pillamos?

No entendía nada, pero le fascinaba ir de la mano con él.

La arena estaba muy caliente, pero Anna ya se había acostumbrado. Bajaba a la playa todos los días con Silke, con las mellizas o sola.

Fueron esquivando toallas, sombrillas, sillas y castillos de arena, hasta que encontraron un hueco cerca de la orilla, en segunda línea, justo detrás de una familia española con tres niños.

—¿Te gusta aquí? —preguntó él.

—Sí. Aquí perfecto.

Él extendió la toalla, que tenía la palabra LARIOS escrita en rojo. Anna sabía que era una marca de ginebra española porque era la que bebía Sara cuando se pedía una copa. Luego la ayudó a ella a extender la suya, que era azul con flores blancas.

Tony se quitó la camiseta y ella le miró de reojo, sin querer mostrarse demasiado curiosa. Tenía los brazos musculosos y los hombros rectos y redondeados.

—Es la primera vez que vengo a la playa. Estoy un poco blanco. —Se pasó una mano por el torso cubierto de una fina capa de vello oscuro.

¿Blanco? ¡Pero si tenía la piel del color del café con leche! Tendría que haberla visto a ella el primer día. Menos mal que se bronceaba rápido.

Se quitó la camisola y la parte de arriba del bikini y guardó ambas prendas en la bolsa. Luego se incorporó.

Tony la estaba mirando. Bueno, más que mirar, la escaneaba con la boca abierta.

—Joder, tía, no me hagas esto —farfulló.

—¿Estás bien?

—No.

—¿Qué pasa? —preguntó preocupada.

Dio un paso hacia delante, pero él reculó. Tenía una expresión extraña en la cara, como si le doliese algo.

—¡Tengo calor! ¡Voy a bañarme! —exclamó.

Luego se dio la vuelta y echó a correr, saltando por encima de algunas toallas.

Le siguió con la vista, intrigada. Él entró en el mar corriendo y salpicando, y se tiró de cabeza. Fue tras él más despacio. El agua estaba a una temperatura muy agradable, solo había que ser cuidadoso con las grandes losas de piedra que había a la entrada porque resbalaban mucho.

No tardó en alcanzarle. Estaba muy serio, casi agazapado en el agua que le llegaba por las axilas. La miró con desconfianza y, cuando se acercó, se giró y le dio la espalda.

—¿Tony?

No comprendía qué estaba sucediendo.

Escuchó que una protesta frustrada salía de su boca y le tocó el hombro. Él terminó por darse la vuelta y encararse con ella. Tenía la cabeza erguida como si estuviera mirándole la coronilla.

—¿Qué pasa?

—Eso pasa —dijo él, haciendo un gesto vago hacia su torso.

Anna arrugó la nariz y miró hacia abajo. No había nada anormal. Solo que el agua fría le había endurecido los pezones.

—¿Mis pechos?

—Exacto. Tus tetas, joder.

Tetas era un sinónimo de pechos. Eso lo sabía.

De todas formas, seguía sin entender la exagerada reacción. ¿Era porque no llevaba la parte de arriba del bikini? Sabía que algunos españoles eran muy clásicos y chapados a la antigua, pero no lo había esperado de él.

—¿Qué pasa con mis tetas? Siempre toples. Mi madre y mis amigas también. En Alemania está normal. Y aquí muchas mujeres. No es malo. Toda la gente tiene tetas. Tú tienes tetas.

—No compares —farfulló él—. Mis tetas son diminutas. Tus tetas… son perfectas. Y me ponen cachondo.

—¿Qué es cachondo?

Él la contempló con una ceja alzada y terminó por bajar la mano y señalarse la entrepierna. Ella bajó la vista. El agua estaba muy limpia y era posible distinguir incluso el fondo arenoso.

De golpe, cayó en la cuenta de lo que pasaba y una burbujeante risa emergió de su garganta.

Él le envió una mirada acusadora y se alejó, nadando rápido.

Le vio marcharse y se mordió los labios, divertida. Sintió un pellizquito de satisfacción. Jamás le había pasado que un hombre hubiera reaccionado así solo por verle los senos, o ella no había sido consciente.

Cachondo.

Otra palabra nueva que tenía que apuntar.

Se zambulló para mojarse el pelo. Luego nadó hasta la boya y disfrutó del agua que le acariciaba la piel y del sol sobre la cabeza. Después regresó, dando largas brazadas.

Había muchas personas bañándose, adultos que chapoteaban y niños jugando con pelotas y colchonetas. Localizó a Tony cerca de la orilla. Era obvio que la estaba esperando y se dirigió hacia él, escurriéndose el cabello.

Un ruido por encima de su cabeza hizo que mirase hacia arriba. Se puso la mano a modo de visera y descubrió que era una avioneta que llevaba una pancarta publicitaria en la cola, anunciando la marca Nivea. Justo cuando llegaba a la zona de costa empezó a lanzar unas cosas azules que caían al agua como si fueran proyectiles.

De pronto, la playa entera se puso en movimiento. Hubo gritos y carreras y la gente se adentró en el mar chillando, saltando y salpicando espuma. Un hombre corpulento chocó con ella y estuvo a punto de tirarla.

Unos brazos firmes la rescataron. Alzó la barbilla y se encontró con los ojos oscuros de Tony y su sonrisa tranquilizadora.

—Es la avioneta de los balones de Nivea. La gente se vuelve loca por conseguir uno.

Anna se giró y comprobó que, en efecto, los objetos azules que caían de la avioneta eran balones y la gente nadaba a toda velocidad hacia ellos.

Era la cosa más absurda que había visto nunca. Esos balones no podían costar mucho dinero, pero había algunos nadadores que se estaban peleando por ellos.

—¿En Alemania no tenéis la avioneta de Nivea?

—Nivea es marca alemana, pero no va a playa con balones. Y gente pelea por ellos.

—A los españoles nos gusta lo gratis —se mofó.

Había estado distraída, pero en ese instante se dio cuenta de que él la estaba apretando contra su pecho. Podía sentir los rizos de vello negro de su torso rozándole los pezones, y bajó la cabeza para que él no pudiera ver que ahora era ella la que estaba *cachonda*.

Volvió la cara hacia la avioneta que seguía soltando balones.

—¿Quieres uno? —preguntó él con tono divertido—. ¿Voy a buscarlo? Aunque llegarías tú antes que yo porque nado fatal y tú eres como una sirena.

Ella le miró y se quedó prendada de las largas pestañas húmedas.

—No quiero balón.

«Quiero besarte».

—Anda, vamos a las toallas —propuso él y le dio la mano.

No quería malinterpretar ciertos gestos. Ella solo iba de la mano de sus parejas o de amigos muy íntimos, pero para él parecía ser algo normal. Los españoles eran muy efusivos.

Se tumbaron en las toallas, bocabajo, y se secaron al sol. Durante un largo rato no hablaron. Ella cerró los ojos mientras trataba de buscar en su limitado vocabulario español algún tema del que hablar que pudiese resultar interesante.

—Anna.

¡Cómo le gustaba cuando decía su nombre! Abrió los ojos y le descubrió mirándola.

—Me gustan tus orejas.

Frunció los labios con incredulidad. ¿Sus orejas? Eso era lo último que hubiese esperado escuchar.

—No gustan. Son salidas —confesó.

Él soltó una carcajada y se incorporó sobre los codos. Seguía mirándola, pero ahora lo hacía con expresión jocosa.

—Eres adorable.

¿Adorable? Nadie antes la había calificado así. Tenía fama de ser cortante y brusca.

—También me gusta tu nariz y tus pecas, tus labios y tus ojos —enumeró él, interrumpiendo el hilo de sus pensamientos—. Y tu pelo… Y todo lo demás. —La acarició con los ojos, deteniéndose en el trasero y los muslos, y su expresión cambió.

—Y mis tetas.

Él volvió a reírse y hundió la cara en la toalla.

—¿Ahora eres cachondo? —preguntó con pretendida inocencia.

La risa de él se hizo más profunda. Era contagiosa y a ella le entraron ganas de reírse también.

—Un poco —repuso. Y se volvió hacia ella. Había enterrado el rostro en sus brazos doblados y solo se le veían los ojos centelleantes.

—¿Te vas a correr en agua otra vez?

No tenía ni idea de qué podía ser tan gracioso en su pregunta, pero él volvió a carcajearse.

—No. Me quedo contigo —dijo con tono juguetón cuando se le pasó el ataque de hilaridad. Y alargó la mano para tocarle la oreja—. Me gusta que tus orejas sean salidas.

—Ríes de mí —le espetó sin apartarse.

El roce era delicado y le estaba gustando. Quizá la próxima vez se pusiera coleta.

—Dime algo en alemán y yo lo repito. Y te ríes tú de mí —propuso él. Y se giró en la toalla para tumbarse bocarriba.

Ella le miró fijamente y pensó en alguna palabra complicada.

—*Fünfhundertfünfundfünfzigtausendfünfhundertfünfundfünfzig.*

La cara de él fue todo un poema. Le arrojó una mirada asesina y meneó la cabeza.

—Eso no existe.

Ahora fue ella la que rio.

—Existe.

—Dilo otra vez.

Lo hizo, y él intentó repetirlo, pero sus labios y su lengua se negaban a aceptar el idioma. Anna pensó que era la cosa más graciosa y encantadora que había visto en su vida.

—Vale, no puedo. ¿Qué significa? —dijo frustrado.

—Difícil para mí en español. Escribo en arena.

Escribió la cifra y él la leyó interesado.

—Quinientos cincuenta y cinco mil quinientos cincuenta y cinco.

—Eso.

—Dime algo más fácil —dijo con determinación.

—*Herzlichen Glückwunsch zum Geburtstag.*

—¿Estás de coña?

—¿Coña?

—Coña es broma —farfulló.

Otra nueva palabra que apuntar en la libreta.

—No lo voy a decir. Seguro que es algo rebuscado que no usáis nunca. ¿Qué significa? —gruñó.

—Feliz cumpleaños.

—Vaya. —La miró de costado con un mohín de irritación.

—Pareces niño pequeño enfadado —se rio—. Eres lindo.

—¿Lindo? ¿Yo? Para nada. Dime algo más fácil, anda.

—*Ich mag Dich.*

Él lo repitió. Su acento era terrible, pero a ella le sonó genial.

—¡Muy bien! —exclamó y aplaudió con entusiasmo.

—*Ich mag Dich. Ich mag Dich.* ¿Qué significa?

Anna vaciló.

—Gustas. Tú gustas a mí.

No estaba segura de que fuera la traducción correcta, pero los verbos reflexivos en español le resultaban complicados.

—¿Tú me gustas?

—Sí, eso

Él esbozó una sonrisa canallesca.

—*Ich mag Dich. Du bist schön* —ronroneó.

Anna notó que se ponía roja y ocultó la cara en la toalla, mientras escuchaba su risa profunda, que le aceleró el corazón.

—Hola, chicos, ¿qué tal?

Era una voz femenina.

Alzó la vista y se encontró con dos chicas, que se habían acuclillado frente a ellos. Iban en bikini, pero llevaban deportivas, gorras viseras, mochilas a la espalda y un taco de papeles en la mano. Ambas estaban muy tostadas por el sol y tenían el pelo oscuro. Una llevaba un bikini negro, la otra, naranja.

—¿Estáis de vacaciones? ¿Conocéis el Star Garden?

De reojo, Anna vio que lo que tenían en las manos eran pases para la discoteca del ovni que había visto en la carretera.

La del bikini naranja preguntó algo más, pero hablaba tan deprisa que no la entendió.

Tony se incorporó y charló con ellas muy sonriente y a gran velocidad. Las dos le escanearon de arriba abajo con interés, algo que Anna entendió perfectamente. Las chicas se reían y bromeaban con él.

Gesticulaban mucho y una de ellas le palmeó el brazo. Él parecía también muy receptivo.

Anna notó que su humor empeoraba. Hurgó en su interior y descubrió que no eran celos, era envidia. A ella le hubiera encantado ser como esas chicas y hablar de ese modo directo y desenfadado con un desconocido, bromear y reírse así.

Pero no le salía. No iba con ella.

Y su español era demasiado mediocre.

Cuando las chicas se despidieron de ambos, Tony se tumbó en la toalla y le mostró los pases.

—Tenemos dos pases VIP para el Star Garden. No es mi tipo de música, pero vamos cuando quieras —le dijo.

Notó que él hablaba muy despacio con ella. Sabía que lo hacía para que entendiera todo, mas se sintió como una imbécil.

—Vale —repuso sin mucho entusiasmo.

—¿Estás bien? Estás seria.

—Tengo hambre —mintió.

—Voy a buscar algo —ofreció y se puso de pie—. ¿Quieres un bocadillo? ¿Prefieres otra cosa?

—Bocadillo bien.

—Jamón, tortilla, queso…

—Jamón.

—¿Bebida?

—Agua.

—Ahora vuelvo.

Se alejó corriendo por la arena, sin ponerse las chanclas ni la camiseta, cargado de vitalidad. Era muy diferente a todos los chicos que había conocido ella. Era espontáneo y muy directo.

—Tony y Anna. Anna y Tony —murmuró.

Sonaba bien.

Se tumbó bocarriba. Cerró los ojos y disfrutó del sol mientras los típicos ruidos de la playa la envolvían: las olas rompiendo contra la orilla, los gritos de los niños, adultos hablando en voz demasiado alta…

Debió de quedarse dormida porque se sobresaltó al escuchar a Tony.

—Perdona que haya tardado tanto. Había mucha gente en el bar.

Pestañeó un poco aturdida y se sentó en la toalla.

Tony había tomado asiento en la suya y tenía una bolsa de plástico al lado. Sacó los bocadillos envueltos en papel de plata y le tendió uno. También le dio una botella de agua mientras él se abría una cerveza.

Comieron en relativo silencio, intercambiando algún que otro comentario sobre el calor, sobre la temperatura del agua, sobre los niños que hacían castillos de arena, sobre nimiedades. La playa comenzó a vaciarse. Los extranjeros se quedaban, pero los españoles volvían a sus hoteles o apartamentos a comer y a echarse la siesta. A Anna le sorprendía mucho esa costumbre. Ella no sería capaz de dormir con el estómago lleno.

Cuando acabaron de comer, él se encendió un cigarro y le ofreció uno, que ella rechazó.

—¿Quieres que vayamos al cine esta tarde? —propuso él.

Le miró tratando de asimilar la inesperada pregunta y de contener la euforia. ¡Claro que quería ir al cine! En realidad, a cualquier parte, porque deseaba pasar todo el tiempo posible con él.

—Cuando estaba en el bar, he escuchado a una chica decir que ponen una película de un actor muy famoso en el cine de verano. Empieza a las ocho. ¿Quieres ir?

—¿Actor famoso? ¿Quién?

—No sé el nombre. Es el chico de *Dirty Dancing*.

—Conozco. Vamos al cine.

—Genial —sonrió él y ancló la mirada en la suya—. ¿Se nota que no quiero despedirme de ti? —continuó con voz tentadora mientras expulsaba el humo.

Anna estuvo a punto de decirle que a ella le pasaba lo mismo, pero se calló.

—¿Me das? —le preguntó, señalando el cigarrillo que él tenía en la boca.

—¿Qué? ¿Un beso? —sugirió, burlón, tocándose los labios.

—No.

—¿Un mordisco?

Ella rio bajito.

—No sé en español. ¿Una chupada?

Él se atragantó con el humo y le tendió el cigarro mientras tosía.

—¿Está mal? —inquirió ella.

—Para nada, está muy bien, pero de eso ya hablaremos en otra ocasión —dijo con una expresión risueña—. Se dice calada. Una calada.

Ella miró al cigarrillo. Luego se lo llevó a los labios y aspiró.

—Una calada —dijo en voz alta mientras expulsaba el humo.

Se dio cuenta de que él la estaba observando con fijeza a través de las pestañas. No había vuelto a posar la mirada en sus pechos. A ella le daba igual, pero él parecía reacio a hacerlo.

—Eres la chica más interesante que he conocido nunca —dijo de improviso.

Ella se quedó sin palabras. ¿Interesante? No supo cómo responder a eso y desvió la vista hacia el mar mientras notaba el corazón latiéndole a mil por hora.

—Hace mucho calor. —Cambió él de tema—. ¿Nos vamos? Estoy cansado de playa.

—Eh…, sí.

Se vistieron y recogieron. Cuando atravesaron el arenal camino del paseo, Tony volvió a cogerle la mano con total naturalidad, llegando incluso a entrelazar los dedos con los suyos.

Era raro, pero perfecto.

Había mucha gente y tuvieron que esquivarla, pero en ningún momento se soltaron. Ella le echó una ojeada. Le había dado el sol en la cara y el pelo le caía despeinado sobre la frente.

Estaba guapísimo.

Cruzaron la carretera y anduvieron los pocos metros que había hasta la escalera que llevaba a su portal. Entonces, él se detuvo.

—A las siete vengo a buscarte con mi coche.

—¿Tienes coche?

—Sí. Un Ferrari amarillo—se rio él—. Te va a encantar.

Ella sabía que bromeaba y decidió seguirle el juego.

—Oh, casualidad —dijo muy seria—. Yo también tengo Ferrari, pero rojo.

La miró con los ojos muy abiertos y ella le sostuvo la mirada con serenidad.

—Vaya —murmuró al fin, un poco descolocado.

Entonces, ella se echó a reír.

—Es broma. Es ¿coño?

—Coña —replicó él y otra vez parecía que iba a romper en carcajadas de un momento a otro.

Se despidieron tal y como se habían saludado hacía horas, con dos besos. Solo que esa vez fue ella la que aproximó la boca a la comisura de sus labios. Luego le miró, esperando una reacción por su parte, pero él solo esbozaba una sonrisa indolente.

—Adiós —dijo con frustración y se dio la vuelta para marcharse.

—Espera —la llamó.

No había tenido tiempo de volverse de nuevo cuando sintió una mano grande en la nuca.

—Si quieres un beso, dámelo.

Y la besó.

Sus bocas entraron en contacto brevemente.

Demasiado brevemente.

No fue un beso gentil ni dulce. Fue brusco e intenso.

La dejó sin aliento.

Entonces él se apartó.

—A las siete.

Ella asintió, embobada.

Él se fue y Anna le vio perderse entre la gente.

Con el ardor corriéndole por el cuerpo, echó a andar. Había avanzado unos veinte metros cuando se dio cuenta de que caminaba en la dirección equivocada.

Capítulo Cinco

Tony

Lo primero que hizo después de dejar a Anna fue acercarse a La Calita para que sus compañeros le dijeran dónde estaba el cine Suyma. Sabía que se llamaba así porque le había preguntado a la chica del bar cuando compraba los bocadillos.

Javi le dibujó un mapa en una servilleta, y le indicó también dónde podía dejar el coche.

No se entretuvo mucho porque iba con prisas. Todavía tenía que llegar a su casa andando, ducharse, arreglarse y llevar el coche a lavar y limpiar por dentro. Iba con el tiempo justo.

Cuando llegó al piso, empapado en sudor, el baño estaba ocupado. Soltó unos cuantos improperios mientras deambulaba por la vivienda como un león enjaulado. Finalmente, Satur, uno de los chicos con los que compartía piso, salió dejando una estela de colonia barata a su espalda. Nada más entrar en el baño lo que hizo fue abrir la ventana para que el penetrante olor desapareciera.

Se dio una ducha rápida. Tenía la adrenalina por las nubes. Su mente no paraba de conjurar imágenes de Anna en la playa. De su sonrisa, de su cabello empapado, del sol en su cara. De su cuerpo esbelto y perfecto y de sus pechos. ¡Joder! Qué puñetera vergüenza había pasado cuando se empalmó y se tuvo que ir corriendo al agua. Mantuvo el tipo como pudo, pero se sintió como un adolescente tonto.

Rompió a reír bajo el chorro de la ducha al recordar también los malentendidos. Anna era graciosa sin pretenderlo. Había disfrutado muchísimo con ella. Hacía tiempo que no pasaba un día tan divertido.

Y ese beso final…

Tampoco se le podía llamar beso, porque fue apenas un pico y a él le supo a poco. Hubiera querido darle un señor morreo, pero había demasiada gente alrededor y no lo consideró oportuno.

Pero esa noche iba a caer.

No tenía mucha ropa, así que se puso los vaqueros negros, las John Smith y una camiseta blanca. Completó el toque con un par de cadenas de plata y cuero y un pendiente, que se quitaba para ir al trabajo, y se peinó el flequillo hacia arriba con el secador. Esperaba que le durase.

Luego salió corriendo y fue a la gasolinera más cercana para lavar su chatarrilla de coche. Era viejo y no muy bonito, de un color amarillo canario desteñido, pero le llevaba de un sitio a otro y no le había costado mucho.

Lo limpió también por dentro, maldiciendo su costumbre de no vaciar casi nunca el cenicero, que rebosaba de colillas y ceniza. Los asientos eran de tela de pelo sintético con estampado de leopardo. En invierno eran geniales, pero en verano daban calor. Había quitado los reposacabezas a los delanteros para poder tumbarlos del todo y encajarlos con los de atrás para hacer una especie de cama. En algunas temporadas de su vida le había venido muy bien porque el coche había sido su única casa.

Cuando acabó de limpiar el Seat, compró un ambientador con forma de pino que colgó en el espejo retrovisor. Ojalá disimulara el olor a tabaco. Se miró el reloj y vio que eran las siete menos veinte.

Tenía que volar.

Con las ventanillas abiertas y en la radio sonando lo último que habían sacado Loquillo y los trogloditas, un álbum doble con sus mejores canciones, atravesó medio Benidorm para ir a buscar a Anna. Mientras daba golpecitos en el volante, iba cantando *La mataré*.

—Quiero verla bailar entre los muertos. La cintura morena que me volvió loco. Llevo un velo de sangre en la mirada. Y un deseo en el alma, que jamás la encuentre…

Cuando llegó a la altura de su edificio, no había ni un solo hueco para dejar el coche.

—Mierda.

Pensó que tendría que dar vueltas y aparcar lejos, pero entonces la vio. Le estaba esperando en la acera, vestida con unos vaqueros cortos lavados a la piedra, una camisa de rayas blancas y rojas y unas deportivas. Se había recogido el pelo en una coleta alta y lucía unos pendientes blancos grandes con forma de corazón.

Con bikini, con vestido, con pantalones, con el pelo suelto o recogido, estaba guapa de cualquier manera.

Sentía que le había tocado la lotería.

Tocó el claxon para llamar su atención y ella giró la cabeza. De nuevo, notó ese puñetazo a la altura del tórax que le asaltaba cada vez que la veía.

Pese a que no era muy expresiva, su gesto de estupor al ver el coche fue llamativo y Tony contuvo una risa. Sabía que ya no se veían muchos coches como el suyo por ahí. Era de los setenta, y los anteriores dueños no lo habían cuidado demasiado. Tenía algunas abolladuras y el óxido había comenzado a comerse algunas partes de la carrocería.

Anna se aproximó al vehículo, abrió la puerta del pasajero y entró.

—Hola, Tony.

—Hola, bombón.

Ella le sonrió.

—¿Este es tu Ferrari amarillo?

—Sí. ¿Qué te parece?

—Muy interesante —observó con ironía.

Él soltó una carcajada. Luego bajó el volumen de la música para poder hablar.

—Me gusta tu pelo así, con las orejas salidas —dijo con tono gracioso.

—Pongo por ti y los pendientes disimulan.

Él rio. No sabía de dónde se había sacado que tenía las orejas de soplillo. Su colega Sancho sí que las tenía. Siempre se burlaban y le decían que era él quien provocaba el viento al moverlas.

—Llevas pendiente —dijo ella, acariciándole el lóbulo de la oreja.

Un pequeño escalofrío le recorrió la espalda mientras asentía.

—¿Esta es música que te gusta?

—Sí. Es un grupo genial. Se llama Loquillo y los trogloditas.

Ella sacó una libreta y un lápiz del bolso y anotó algo.

—Escribo palabras que no entiendo para buscar luego —explicó—. Hoy aprendo: cachondo, coña, calada y ahora trogloditas.

—Sí que estás aprendiendo un vocabulario exclusivo conmigo —se burló.

—Me gusta cómo hablas. Eres español puro de la calle. No como en mis clases —dijo—. Sube música.

Él sonrió. Su forma de hablar era como la de un general arengando a las tropas. Era seca y brusca y parecía dar órdenes constantemente.

—Espera. Vamos a escuchar esta canción entera —comentó mientras pulsaba el botón de rebobinado.

Era *Cadillac solitario*.

A Tony le flipaba.

Condujo sin hablar, dejando que ella se empapara de la música. La miró de reojo un par de veces. Tenía la frente arrugada, como si estuviese tratando de discernir la letra, muy concentrada.

—No entiendo todo, pero gusta el cantante. Pon otra vez.

Lo hizo.

Hacía calor, pero la brisa entraba por las ventanillas y hacía el trayecto más soportable. Tony se sentía genial. Llevaba en el coche a la chica más preciosa del mundo, el sol le arrancaba reflejos plateados al mar que se mecía a su izquierda, e iban escuchando su canción favorita del Loco. ¿Se podía pedir más?

La canción era la última de la cara A de la cinta y, cuando terminó, la radio quedó en silencio.

—Mis amigas españolas gustan Hombres G y Héroes del silencio —dijo ella.

—Héroes del silencio son una pasada. Los Hombres G son más pijos.

—¿Pijos?

Tony pensó en cómo explicárselo.

—Son niños bien, con padres ricos.

—Mis padres son ricos. ¿Yo soy pija?

La evaluó sin disimulo. Los vaqueros eran de marca y las zapatillas también. Sí que encajaba en el concepto de pija, pero jamás hubiese usado esa palabra para describirla.

—Supongo que sí —admitió con desgana.

—¿Tú no eres pijo?

Él soltó una carcajada.

—No. Mis padres son pobres. Yo soy pobre. Mi ropa es barata y mi coche no es un Ferrari, como puedes ver. Soy un chico de barrio. Un macarra. Alguien que tus padres no aprobarían, seguro.

Ella permaneció pensativa un rato.

—Soy independiente y mayor de edad. Mis padres no dicen nada.

—¿No vives con ellos?

—No. Vivo sola.

—¿Trabajas para pagar el alquiler?

—No alquiler. —Hizo una pausa y bajó la vista al suelo mientras se sonrojaba—. El piso es regalo de mis padres.

Ahí estaba la prueba de que Anna y él tenían tanto en común como un huevo y una castaña. A ella sus padres le regalaban un piso y él se largó de casa en cuanto pudo porque a duras penas podían mantenerle.

No obstante, seguía sin parecerle la típica niña rica que jamás se montaría en un coche como el suyo o que le hablaría con arrogancia porque trabajaba como camarero. No se comportaba como una esnob.

—¿Qué es macarra? —preguntó ella inesperadamente, y la erre rodó por su lengua con dificultar.

Parecía un poco decaída. Como si él fuera a pensar que no encajaban porque eran muy diferentes. No tenía ni idea de lo poco que le importaba que sus padres tuvieran dinero. Por él, podía ser la hija del canciller alemán. Eso le traía al fresco.

—Significa hombre pobre, pero atractivo e inteligente —dijo con fingida seriedad—. Hombre sin dinero, pero extraordinario y carismático.

—Mientes —rechazó ella, con la nariz fruncida.

—No. Apúntalo en la libreta y búscalo en tu diccionario. Ya verás.

Cuando la vio sacar el boli y empezar a escribir estuvo a punto de echarse a reír. Era un encanto.

—¿En Alemania no escucháis música española? —preguntó, cambiando de tema.

—Solo conozco Julio Iglesias. Me gusta.

—¡Dios Santo! —se horrorizó—. Necesitas escuchar otra música.

—Y Lola Flores. Muy famosa. Muy buena.

La miró y vio que se estaba riendo y tenía los ojos cargados de travesura.

Vale, también sabía bromear, en apariencia. Un punto más a su favor.

—Algún día tengo que llevarte a un sitio donde pongan música española de verdad. Si estuviésemos en Madrid, iríamos donde yo trabajo, y te pondría canciones buenas. O al Penta, que está cerca. Allí van muchos artistas que están de moda ahora.

—¿Tú conoces música alemana?

—Los Scorpions, Alphaville, Die Toten Hosen, Nina Hagen… Ah, y hay una canción de Peter Schilling que me encanta: *Major Tom*.

Ella cantó el estribillo en alemán.

—¡Esa!

—Sabes mucho —se sorprendió.

—Soy pincha, ¿recuerdas? —repuso y fingió pincharla a ella con el dedo en la pierna—. ¿Qué grupos escuchas tú?

—Escucho Pur, es grupo con canciones bonitas. Y también Marius Müller Westernhagen.

Tony le echó una mirada soslayada. El alemán era terrible. Sabía que ella solo acababa de mencionar un grupo de música, pero había sonado como un insulto.

—Tengo una cinta en apartamento. Puedo traer un día y escuchamos juntos en el coche —continuó ella.

—Perfecto.

Estaban ya a poca distancia del cine. Tony aparcó donde le había dicho Javi, en una calle cercana muy estrecha, flanqueada por casas de una sola planta con jardines privados, en la que no había coches. Echaron a andar uno junto al otro hasta alcanzar la entrada del cine. Vieron que había unas cuantas personas frente a la taquilla, pero no eran muchas. Se notaba el cambio de quincena y de que muchos españoles se habían marchado ese fin de semana, último de julio. Al día siguiente llegarían más, seguro.

El cartel de la película colgaba de la pared. Era *Road House.* Y a alguien sin muchas luces se le había ocurrido ponerle el subtítulo *De profesión: duro.* Ojalá que Anna no le preguntara por el significado porque era absurdo.

—¿Qué profesión es duro?

Ella no le estaba mirando, así que no le vio poner los ojos en blanco.

—No es una profesión. Es como un juego de palabras.

Anna continuó inspeccionando el cartel con curiosidad mientras él aguardaba el turno en la cola.

—Si *Dirty Dancing* era amor, romance y baile… *Road House* es sexo, acción y *rock'n'roll* —leyó ella. Luego se dio la vuelta para mirarle—. Has elegido película perfecta porque gusta acción y *rock'n'roll* —dijo con pretendida inocencia.

Él dio un paso hacia ella y le habló al oído.

—¿Y el sexo?

Ella jadeó y recostó la cabeza sobre su hombro. Tony aspiró con fuerza. ¡Qué bien le olía el pelo!

—Depende —repuso con tono provocador—. Nunca he hecho sexo con un macarra.

Estuvo a punto de besarla y beberse su sonrisa perfecta, pero la taquillera los llamó. Les tocaba a ellos.

—Dos entradas, por favor —dijo con un carraspeo.

—Yo pago helados —apuntó ella.

Él compró las entradas y la miró con extrañeza mientras entraban por el portón metálico.

—¿Qué helados?

—En Alemania en cine comemos helados. Antes de película viene heladero y vende helados —explicó.

Tony alucinó.

—¿No tenéis palomitas?

—También.

—Aquí no hay helados. Solo palomitas.

—Oh. Bueno, pago palomitas.

El cine era un recinto grande al aire libre con el suelo de tierra, lleno de sillas metálicas rojas. Estaba rodeado por paredes blancas de unos tres metros y al fondo se erguía la pantalla blanca de cemento. Era el típico cine de verano.

En la parte trasera había un quiosco donde vendían palomitas y otras chucherías, y al lado, una caseta de helados Frigo.

—¡Sí hay helados! —Señaló ella la caseta—. Vamos.

Anna se compró un Negrito, un cucurucho de chocolate. Él solo las palomitas, de tamaño grande para compartir. Y dos botellas de agua. Luego buscaron sitio y tomaron asiento cerca de la pantalla.

—Si no entiendo, tienes que explicar —le dijo ella.

—Claro.

Tony echó un vistazo alrededor mientras trataba de encontrar la postura menos incómoda en esa horrible silla dura. Todavía quedaba más de una hora hasta la puesta de sol, así que pudo cotillear a su antojo. El cine se iba llenando poco a poco. La mayoría de los que iban ocupando los asientos eran españoles y de todas las edades. Había chicas en grupitos y chavales jóvenes en bañador, que llegaban directamente de la playa.

Se ladeó para comentarle algo a Anna, pero la imagen que se presentó ante sus ojos fue demasiado. Se le secó la boca y su sexo se sacudió dentro de los pantalones.

Ella estaba chupando el helado con una expresión de satisfacción increíble. Sacaba la lengua y lamía el chocolate con placer.

Volvió la vista a la pantalla en blanco y trató de pensar en otra cosa, pero la mente era muy cabrona y empezó a imaginar que no era el helado lo que ella lamía así. Soltó un gemido y se llevó la botella de agua a los labios para disimular.

—¿Quieres un poco?

La miró. Ella le ofrecía el helado con una sonrisa. Tenía una mancha de chocolate en el labio inferior.

No pudo reprimirse y le importó una mierda que estuvieran rodeados de gente.

—Sí —dijo jadeante.

En lugar de acercar la boca al cucurucho, la acercó a la boca de ella y le dio un lametón a sus labios.

—Está muy bueno —dijo mientras se relamía.

Anna pestañeó.

—Siempre sorprendes. La próxima sorprendo yo a ti.

Él emitió una risa ronca.

La pantalla se encendió en ese instante. Comenzaron los anuncios y los tráileres de otras películas. El sonido no era muy bueno, pero tendrían que conformarse.

—Creo que mi pantalón no es bien para esta silla —siseó ella al cabo de unos segundos.

Tony se dio cuenta de lo que sucedía. Las barras metálicas de la silla debían de clavársele en las piernas desnudas. Se fijó también en que algunas personas habían llevado toallas y se sentaban encima para evitar el problema. No se le ocurrió otra cosa más que quitarse la camiseta. De todos modos, había muchos chicos con el pecho al aire y hacía calor.

Ella no dijo nada. Solo se incorporó y dejó que él colocara la camiseta sobre el asiento.

Uno de los anuncios llamó la atención de Anna y le pidió que se lo explicara. Era la campaña que había lanzado el Gobierno sobre el SIDA para aclarar qué comportamientos contagiaban y cuáles no. Habían utilizado unos muñequitos muy graciosos, uno femenino y otro masculino que lo explicaban diciendo Si-Da, No-Da. Ella le contó que en Alemania la enfermedad también era un gran problema y que había muchas campañas en televisión para concienciar a la gente.

Finalmente, comenzó la película.

No tenía mala pinta, pensó Tony. Había puñetazos y peleas.

No habían pasado ni diez minutos cuando el protagonista ya se había quitado la camiseta y mostrado los músculos. Se escucharon grititos en la parte trasera del cine. Pero lo peor llegó un rato después, cuando salió mostrando el culo desnudo. Los grititos se convirtieron en chillidos histéricos y silbidos.

Tony dejó caer la cabeza hacia atrás.

¿Iban a estar así toda la película?

—No tienes envidia —le dijo Anna, acercándose—. Seguro tu culo mucho mejor.

Se rio bajito y la miró. Ella tenía una de esas sonrisas que le iluminaban la cara. De nuevo, tuvo ganas de darle un beso.

—Sí. Mucho mejor. Luego te lo enseño —repuso provocador.

Al final la película no resultó tan aburrida. Había una doctora sexi, un malo malísimo y un esbirro más malo todavía, un motero mayor muy carismático, escenas de lucha muy chulas, una música bastante buena, tiroteos y algunos muertos. Y acababa como tenía que acabar: los malos morían, los buenos ganaban y el protagonista se quedaba con la chica.

A Anna pareció gustarle porque se pasó toda la proyección llenándose la boca de palomitas y con la vista fija en la pantalla. Ni una sola vez le pidió que le tradujera.

Cuando los títulos de crédito aparecieron, ella se incorporó con rapidez y le dio la camiseta, no sin antes pegarle un buen repaso a su torso. Él endureció los brazos y sacó pectorales mientras la miraba con una sonrisa incitadora. Luego se puso la prenda que conservaba el calor del cuerpo de ella.

Anna le cogió la mano y tiró de él hacia la salida. Arrojaron los envases a la papelera y esquivaron a la gente que abandonaba el recinto y a la que estaba fuera esperando para la segunda sesión. Ya era de noche, pero las farolas iluminaban el camino.

—¿Dónde vamos tan deprisa?

No recibió respuesta.

Intrigado, se dejó arrastrar hasta la callejuela donde estaba el coche. Allí no había farolas y tampoco gente que pudiese molestarlos. Inesperadamente, ella le soltó y, de un salto, se subió en su cintura y enroscó las piernas en su talle.

—Quiero beso de verdad —le susurró junto a la boca.

Pese a que no había esperado aquello, Tony tardó dos milésimas de segundo en reaccionar y apoderarse de sus labios. Ella sabía a helado de chocolate y a palomitas. El beso fue rudo. Quizá porque ambos llevaban esperando horas y había mucha tensión sexual no resuelta entre ellos. O quizá porque los dos eran muy pasionales.

Sin separar su boca de la de ella, echó un vistazo alrededor hasta que vio un murete bajo a unos pocos metros. Anduvo hacia allí y la sentó sobre él mientras se posicionaba ente sus piernas.

Los jadeos y gemidos se mezclaron.

—Anna, joder, estoy… —farfulló.

—¿Cachondo? —interrumpió ella.

—Muy cachondo.

—Yo también.

La calló con otro beso. Y otro. Y otro más.

La excitación se adueñó de él. Bajó la cabeza y la besó en el cuello y descendió hasta su pecho. No llevaba sujetador y él le lamió los pezones endurecidos a través de la tela de la camisa.

—Más —gimió.

Y le dio más. Más besos, más lametones, más caricias.

Notó que ella le desabrochaba el cinturón y el pantalón e introducía las manos por debajo de los calzoncillos hasta que le agarró del trasero y apretó.

Él dejó escapar un gruñido.

—Tu culo es mejor que Patrick Swayze.

Tenía una erección enorme que amenazaba con escaparse de su ropa interior y ella no paraba de contonearse contra sus caderas, provocándole todavía más. Coló la mano bajo su camisa y le tocó los pechos que tanto había admirado esa mañana en la playa. Eran suaves y pesados. No muy grandes, pero encajaban en sus manos perfectamente. Después, la acarició con ansia hasta bajar a su pantalón. Se lo desabrochó, como ella había hecho con el suyo, e introdujo los dedos de la mano izquierda dentro de sus bragas. Estaba empapada.

Anna le abrazó con fuerza.

—Quiero hacer sexo contigo —jadeó.

Tony cerró los ojos y se maldijo en silencio por no haber ido a la farmacia a pillar preservativos. Solía llevar uno en la cartera, pero lo había gastado con la sueca. Además, tampoco le apetecía demasiado tirarse a Anna en medio de la calle, contra una pared.

—No tengo condones, pero no te preocupes —masculló entre dientes.

Notó la mano de ella avanzando hasta su sexo. Se lo rodeó con los dedos con firmeza.

Él apretó los dientes y comenzó a masturbarla. La postura era una mierda de incómoda, pero se empleó a fondo hasta casi dislocarse la muñeca. Se recreó en los pliegues mojados y le frotó el clítoris con maestría.

—Tony... —balbuceó—. *Mein Gott! Ich kann nict mehr. Mach weiter! So ist es gut! Sehr gut. Ich komme gleich!*[8]

---

[8] ¡Dios mío! No puedo más. ¡Sigue! ¡Así está bien! Muy bien. ¡Me corro!

Jamás habría pensado que el alemán le fuera a sonar erótico, pero escucharla a ella gemir en ese idioma con los ojos cerrados y los labios húmedos, estuvo a punto de llevarle a él también al clímax.

Solo unos segundos después, sintió que se ponía rígida y soltaba un estertor estrangulado, para caer casi desmadejada en sus brazos. Seguía agarrándole el sexo, pero con laxitud.

Él estaba a años luz de correrse, así que se apartó, sacando la femenina mano de su pantalón y se lo abrochó, aunque le costó meter la erección dentro. Estaba a cien.

Anna alzó la barbilla. Era probable que le estuviera mirando, pero la calle estaba muy oscura y él no podía verle cara con claridad.

—¿Todo bien? —indagó.

—Todo bien. Pero tú no vienes —murmuró.

La besó.

—La próxima vez.

Ella se cerró el vaquero y él la ayudó a bajar del murete. Tuvo que sostenerla porque le temblaban un poco las piernas, y se benefició de la postura para darle un beso en el cuello.

—Me gusta cómo hueles.

—A mí gusta todo tú. En el cine te miraba todo el rato.

—¿No estabas mirando el culo del protagonista? —se burló.

—Solo con un ojo. El otro era para ti. Toda la película mirándote escondida.

Tony rompió a reír y la abrazó por el talle.

Se besaron una última vez antes de subir al vehículo.

—¿Quieres ir a algún sitio? —preguntó él.

—No. Llévame a casa. Mañana tú trabajas.

Él arrancó y encendió las luces.

—¿Cuántas chicas has estado? —le preguntó ella de improviso.

—Con mil —bromeó.

—Yo soy mil una.

—Sí.

Ella rio un poco. Luego se inclinó hacia delante y puso la radio del coche. Estaba sintonizada una emisora de música y sonaba *She drives me crazy* de Fine Young Cannibals.

Tony enfiló la carretera que llevaba de regreso al pueblo. De vez en cuando la observaba de soslayo. Ella iba moviéndose al ritmo de la canción, agitando la cabeza y los brazos.

Era tan natural y hermosa…

—¿Cuándo voy a volverte a ver?

Ella se quedó pensativa.

—Esta semana voy a Valencia y Castellón para visitar. Regreso domingo. ¿Te busco en restaurante?

—Ya sabes que trabajo hasta tarde.

—Yo espero.

Le hubiera encantado poder verla antes, pero no era fácil. Él trabajaba casi todos los días y ella estaba de vacaciones. Era normal que disfrutara de su tiempo libre con sus amigas.

Escucharon algunas canciones más, entre ellas: *I want it all* de Queen y la última de Cher, *If I could turn back time*. Ella se las sabía y las cantó en un inglés que a él le sonó perfecto.

El Seat avanzaba rápido porque no había demasiado tráfico por la zona, pero cuando llegaron a la altura de la playa de Levante, la cosa cambió. Había muchos coches y mucha gente joven buscando diversión.

Tony logró detenerse en doble fila en la calle que había tras los enormes bloques que daban a la playa.

No había tenido tiempo de echar el freno de mano cuando ella se deslizó en el asiento hasta casi sentarse encima de él.

—Me gustas mucho —le dijo con los ojos brillantes.

Él sintió el pecho a punto de explotar. La sujetó por la nuca y la atrajo hasta su boca. La besó con cierta rudeza.

—Tu a mí también —jadeó.

Tras intercambiar una última mirada, ella se apartó y se bajó del coche. Se giró una última vez para decirle adiós con la mano y se adentró en la calle que llevaba a su edificio.

Tony echó la cabeza hacia atrás y se ajustó los pantalones. La erección no había desaparecido del todo y era la cosa más incómoda del mundo, pero había merecido la pena quedarse a medias solo por ver cómo ella se convertía en gelatina en sus manos.

Mientras ponía rumbo a casa, las imágenes de Anna llenaban su cabeza, le rebotaban en la tripa y se le escapaban por la boca en forma de sonrisa tontorrona.

¡Qué chica más increíble!

Lo primero que hizo en cuanto entró en el piso fue dirigirse al baño, meterse en la ducha y cascarse una paja.

Capítulo Seis

Anna

—¿Qué significa macarra? —le preguntó Anna a Elena.

Esta la miró confundida.

—Pues es algo negativo. Es una persona que viste mal. Que es chulo y agresivo. Vulgar. Que le gusta ir de duro y que se pelea con otros. No sé.

Anna frunció el ceño. Esa descripción no iba con Tony.

—Tampoco es así —intervino Sara—. ¿Has visto *Grease*?

—Sí.

—Pues en esa película, John Travolta es un macarra.

—Sí —admitió Elena—. Eso también puede ser.

—Ah, vale.

Aquello sí que le cuadraba. Había buscado la palabra macarra en el diccionario y había leído cosas muy feas. Solo un término había encajado un poco con Tony: *Prolo*. Así llamaban a los chicos de la calle que no tenían dinero ni estudios. A decir verdad, provenía de proletario.

Solo habían pasado tres días desde la noche del cine y ya le añoraba de un modo que no era normal. Se habían visto apenas un par de veces y tenía la sensación de que le faltaba algo.

Suspiró.

—Es la cuarta vez que suspiras como si te estuvieses muriendo —le dijo Silke—. Nunca te había visto así, Anna.

—Yo qué sé. Es que me gusta un montón. No te lo imaginas. No dejo de pensar en él. Me ha dado fuerte.

—¿Os apañáis bien con el idioma?

—No —resopló—. Me cuesta el español. Me escucho hablar y soy como un maldito robot. Me encantaría decirle tantas cosas y me veo tan limitada. Es una mierda. Por lo menos tiene paciencia conmigo.

Estaban las cuatro en la piscina del hotel de Valencia donde se alojaban desde el lunes. Anna y Silke tenían planeada esa escapada desde el principio y las mellizas se unieron a ellas. Alquilaron un coche y se fueron a la aventura, dispuestas a dormir donde fuera si no encontraban un alojamiento disponible, pero tuvieron suerte y consiguieron dos habitaciones en un hotel alejado de la playa.

—¿Te gusta más que Bernd?

Anna frunció los labios. Estuvo saliendo con Bernd dos años, justo al empezar la carrera. Era un chico muy inteligente y correcto, poco hablador, y siempre dispuesto a hacer cualquier cosa por ella. Se conocían desde hacía muchos años porque ambos residían en la misma zona de Hamburgo, pero no empezaron a salir hasta la universidad. Anna tardó un tiempo en darse cuenta de que no estaban hechos el uno para el otro, al menos como pareja.

—Son muy diferentes. No hay comparación. Son como la noche y el día. Físicamente me gusta muchísimo más que Bernd, pero casi no le conozco —dijo con tono desanimado.

—Bueno, piensa que es solo un amor de verano. Tampoco hace falta que le conozcas mucho para echar unos cuantos polvos —repuso Silke, pragmática—. Yo paso de liarme solo con un tío. Estoy en España para hacer el loco y tirármelos a todos. A ser posible de varias nacionalidades.

Ambas rieron.

—¿Podéis hablar en cristiano, por favor? —pidió Elena, llamando su atención—. Dejad el subanestrujenempujenbajen para cuando estéis solas, anda.

—Hablo de Tony. Me gusta —dijo Anna, obviando que no había entendido la mitad de lo que había dicho la española.

—Normal. Está muy bueno.

—¿Por qué no le llamas? Llevas días hablando de él sin parar —propuso Sara—. Da tú el primer paso. Los chicos españoles no están acostumbrados a eso. Seguro que le impresionas.

—No tengo número.

—¡Pero yo sí! —exclamó Elena triunfal.

Sacó una cartera de la bolsa de playa y empezó a rebuscar dentro. Tenía un montón de tarjetas de visita de bares, peluquerías, clínicas y tiendas.

—Aquí está. Toma.

Anna cogió la tarjeta que le tendía. Era de La Calita. Echó una rápida ojeada al reloj que se había quitado para tomar el sol. Eran las cinco de la tarde. Tony estaría acabando el turno de comidas y a punto de empezar con el de cenas.

Decidida, se levantó, se calzó las chanclas y se puso la camisola blanca encima del bikini.

—Vuelvo en poco —se despidió.

Se encaminó al interior del hotel con paso rápido. Los clientes podían usar el teléfono que había en la recepción. Solo tenían que decir cuál era su habitación para que cargaran el importe de la llamada.

—Hola —saludó a la recepcionista de la tarde—. Quiero usar teléfono, por favor. Es habitación doscientos y tres.

La chica le sonrió y habilitó el aparato.

Anna marcó el número y se aclaró la garganta. Sonó varias veces antes de que alguien contestara.

—Restaurante La Calita. ¿Dígame?

No era Tony. Y había muchísimo ruido de fondo.

—Buenas tardes. ¿Puedo hablar con Tony?

—Un momento. ¡Tony! —Le escuchó gritar—. Teléfono para ti.

Esperó con ansiedad hasta que una nueva voz —esa sí era de él— respondió.

—¿Sí? ¿Quién es?

—Yo.

Hubo una pausa que a ella le resultó eterna.

—¿Anna? —preguntó con incredulidad.

—Sí.

—¡Joder! No me lo puedo creer. Estaba pensando en ti. —Sonaba muy animado.

—Yo pienso en ti todo tiempo. Echo de menos.

—Menos mal. Creí que era el único —dijo con una risa—. Tengo muchas ganas de verte. No sé si podré esperar hasta el domingo. A lo mejor tengo que buscarme a otra —añadió burlón.

—Perfecto. Hacemos trío.

—¿Hablas en serio?

—No. Tú solo para mí.

Él volvió a reírse. Era una risa ronca y cálida. Ella cerró los ojos y se la imaginó. Si hubiera estado frente a él y no a cien kilómetros de distancia le hubiera besado.

—Estamos en la misma onda, rubia. No me apetece compartirte con nadie —dijo él en voz muy baja.

Anna se estremeció.

—¿Dónde estáis?

—Valencia. Mañana vamos a Castellón.

—¿Estáis pasándolo bien?

—Sí, genial. Mucha playa. Mucha fiesta.

—¡Qué suerte! Disfruta por mí.

Ella iba a continuar con la conversación, pero alguien empezó a llamarle a gritos.

—Tengo que seguir trabajando. Por cierto, tengo un amigo que conoce un sitio muy chulo para ir el domingo. Diles a tus amigas que vengan también.

¿Entonces no iban a estar solos? Se sintió desilusionada.

—Luego los dejamos y nos largamos tú y yo, claro —continuó él, como si le hubiera leído la mente.

—Oh —sonrió—. Perfecto. Vuelve trabajo y vemos el domingo.

—Eh, Anna. Espera.

Estaba a punto de colgar, pero le escuchó en el último momento y volvió a ponerse el auricular en la oreja.

—¿Sí?

—*Ich mag Dich, Honigmäulchen.*

Se sorprendió bastante al escucharle decir el apodo cariñoso un poco chapado a la antigua que significaba *boquita de miel.*

—¿Quién te enseña eso?

—Un cliente alemán.

—¿Cuántos años tiene?

—No sé. Setenta o así.

Ella rio.

—Entiendo. Tú también gustas, cari.

—¿Quién te ha enseñado eso?

—Alguien joven.

Se despidieron entre risas y ella regresó junto a sus amigas de un humor excelente. Pese a que intentaron sonsacarle información, solo les dijo que Tony era un cielo y que la echaba de menos. Les habló también de los planes para el domingo.

Nada más.

Le gustaba mucho su privacidad.

Los siguientes días pasaron deprisa. Visitaron Castellón, una ciudad que no les entusiasmó demasiado. Luego continuaron hasta llegar a Peñíscola, y recorrieron un castillo fortificación que había junto al mar, que había sido la sede de algunos Papas en el pasado. Aquel pueblo sí que les gustó y se quedaron dos días en un pequeño hostal de las afueras.

El sábado se pusieron en marcha para regresar a Benidorm y terminaron haciendo noche en Denia, disfrutando de un atardecer glorioso desde la terraza de un restaurante. Anna nunca había visto una puesta de sol así: de diferentes tonalidades de rosa. Era una estampa bellísima. Le hubiese gustado mucho compartirla con Tony.

Tony.

Estaba todo el día en su cabeza.

Y algunas noches también.

Soñaba con él.

El domingo, ya en Benidorm, las mellizas rechazaron acompañarlas. Se despidieron diciendo que estaban agotadas del viaje e iban a dormir cuarenta y ocho horas seguidas.

Pasada la medianoche, Silke y Anna comenzaron a arreglarse, especulando sobre cómo sería el amigo de Tony. ¿Sería alto, bajo, un bombón, pasable, rubio o moreno? Se rieron mucho adjudicándole características horribles: verrugas, calvicie, nariz gigante o estrabismo.

Cuando abandonaron el bloque seguían riéndose como bobas. Anna se había puesto un vestido de tirantes rojo y unas sandalias del mismo color y llevaba el cabello suelto. Silke vestía un mono vaquero de pantalón corto y se había recogido el pelo en una coleta alta.

Tanto los pubs como los restaurantes, que todavía no habían terminado con las cenas, estaban abiertos, así que la zona estaba muy animada. Al pasar por delante de Penelope, recibieron silbidos y comentarios en varios idiomas, que ignoraron.

Caminaban deprisa porque Anna estaba emocionada. Le latía el corazón a doble velocidad de lo normal, sabiendo que iba a encontrarse con Tony por fin. Tiraba de Silke constantemente y esta se reía de su impaciencia.

Llegaron a La Calita poco después. Tony y otro chico las estaban esperando frente a la puerta, fumando y hablando entre ellos. El muchacho era uno de los camareros del restaurante.

Hizo que Silke se detuviera antes de que ellos las vieran.

—¿Qué piensas del amigo? —le preguntó en voz baja.

—Muy joven y más bajito que yo, pero no está mal. Me lo quedo.

Anna rio y escaneó a Tony con ansia. Vaqueros azules ajustados y camiseta negra, las mismas zapatillas de siempre y el pelo peinado hacia arriba. Tan sencillo y guapo al mismo tiempo.

Nada pijo, pensó con cierta sorna.

Echaron a andar y los chicos se percataron de su presencia.

No sabía qué tipo de bienvenida había esperado, pero no que él la alzase en el aire en un abrazo avasallador y un beso íntimo y profundo que hizo que la cabeza le diera vueltas. ¡Dios Santo! ¿Cuánto fuego podía destilar una persona en un solo beso?

De fondo, escuchó aplausos y algún que otro silbido de los transeúntes.

Respirando con dificultad, separó la boca de la suya y le miró.

—Estás preciosa y te he echado mucho de menos —susurró él junto a sus labios—. Te comería entera.

Ella se estremeció.

—Dejo que me comas y luego te como yo.

Él rio. Luego la depositó en el suelo y se giró para presentar a su amigo.

—Este es Javi. Y ellas son Anna y Silke. ¿No vienen las otras?

Hubo un intercambio de besos.

—Estaban cansadas.

—Bueno, ellas se lo pierden. ¿Nos vamos?

Anna le echó un vistazo a Silke y vio que comenzaba a hablar con el amigo de Tony. El muchacho parecía feliz y contemplaba a la que iba a ser «su pareja de la noche» como si le hubiese tocado el premio gordo en una rifa.

Tony la cogió de la mano y la condujo a la parte trasera de la edificación. Al final de una calle estrecha, había un pequeño descampado de tierra donde aparcaban varios coches; el Seat 124 amarillo, entre ellos. Javi no tenía coche, tenía moto y Silke se mostró encantada.

—Mejor vamos por separado —propuso Tony. Se giró hacia Anna y le guiñó un ojo—. Así nos podemos ir cuando queramos. Id delante —le dijo a su amigo—. Os seguimos.

Se montaron en el coche y se pusieron en marcha. Anna encendió la radio con curiosidad. Quería saber que música había estado escuchando él. Una canción de rock español salió por los altavoces, pero no del tipo ese loco y los cavernícolas de la otra vez. La voz sonaba muy diferente, más sucia, más desgarradora. Intentó traducir la letra en su cabeza.

«... qué sé yo, si estoy tan solo, quizás solo sea un sueño y qué sé yo, si estoy tan solo, necesito tu amor...».

—Me gusta, pero es triste.

—¿El qué? —preguntó él.

—La canción.

—Son los Burning. Tienen canciones buenísimas.

Habían dejado atrás Benidorm y se internaron en la misma carretera de las discotecas donde Anna había estado con sus amigas hacía días. Tal y como recordaba, había muchos coches y gente, y las luces de los locales iluminaban el cielo oscuro.

No se detuvieron allí y continuaron su camino siguiendo la luz trasera de la moto.

La canción acabó y una nueva comenzó y Anna se dio cuenta de que Tony canturreaba en voz baja.

—Canta alto. Quiero escucharte.

Él no se hizo de rogar.

—Sabes que si me dejas, muy triste me quedaré. Tú sabes que si me abandonas, tal vez me pueda perder. Cuando con cualquier otro chico tú te burlas de mí, me hallarás en casa sentado en el suelo, hablando con la pared. Por eso… no es extraño que tú estés loca por mí…

Tony no cantaba demasiado bien, pero su falta de perfección la suplía con entusiasmo y carisma y ella le observó embobada. Llevaban las ventanillas bajadas y la brisa nocturna le agitaba un poco el flequillo ese que él se empeñaba en peinar hacia arriba. En un momento dado, la miró sonriente y ella se derritió por dentro.

Anna se hubiera quedado en el coche escuchándole cantar toda la noche, pero poco después llegaron a su destino: un lugar llamado L'Anouer, que apenas se divisaba desde la carretera. Estacionaron a unos metros de la moto de Javi. Había pocos coches en la entrada del lugar, que estaba iluminado muy tenuemente.

—Escucha la última estrofa de la canción. Es la mejor —dijo él antes de apagar el motor. Había travesura en su tono. Comenzó a golpear el volante siguiendo el ritmo y cantó con los ojos entrecerrados—: De rodillas ante mí, es como te gusta a ti. De rodillas, por detrás, es como te gusta más. No, no es extraño que tú estés loca por mí…

Anna parpadeó un par de veces, entendiendo lo que quería decir la canción. Después, muy seria, se dirigió a él.

—Es verdad. Es lo que más gusta.

La risa brotó de la garganta de Tony. Luego se inclinó para darle un beso corto pero intenso en la boca.

—Anda, vamos.

Javi y Silke los esperaban en la entrada.

El lugar era peculiar. Un caserón antiguo, mal cuidado y lúgubre, rodeado de árboles y palmeras, cuyas formas difícilmente se podían adivinar en la oscuridad.

Cuando accedieron al interior, Anna solo pudo abrir la boca, impactada. La decoración era la misma que uno se podía encontrar en la casa de alguien muy religioso de principios del siglo XX, con motivos eclesiásticos por todas partes: cuadros de santos y crucifijos en las paredes, además de hornacinas con vírgenes, capillas y cálices. Todos los muebles eran de madera maciza y estaban cubiertos por pañitos blancos de ganchillo. Había biombos que separaban unas mesas de otras, creando un ambiente íntimo. La iluminación la proporcionaban multitud de velas, y había una zona con una rejilla de madera, como si fuera un confesionario, que resultó ser la barra donde se pedían las consumiciones.

La música era suave y el ambiente cálido, aunque desconcertante.

—Yo tampoco sabía que era así —le dijo Tony al oído—. Es raro de cojones, pero aquí no vienen turistas. Solo lo conoce la gente de Benidorm y dicen que tiene el mejor Agua de Valencia de la costa.

Anna había oído hablar de ese cóctel, pero no lo había probado nunca.

Mientras los chicos iban a buscar las bebidas, ellas dos tomaron asiento en un sofá de cuero ajado por el tiempo, frente a una mesa baja sobre la que había un candelabro de cinco brazos.

—Una de dos —comenzó Anna con tono jocoso—. O vamos a ser víctimas de una especie de rito satánico o el sitio es genial.

—El sitio es genial, pero creo que la última vez que lo limpiaron fue después de la Segunda Guerra Mundial. —Silke señaló un mueble que había contra la pared, cerca de una antigua chimenea apagada—. Mira las telarañas.

Anna ya se había dado cuenta antes.

—¿Qué tal Javi? —le preguntó, cambiando de tema. Le interesaba más el amigo de Tony que las telarañas.

—Es mono, pero no hemos podido hablar. Era difícil en la moto. Pero tiene un buen cuerpo. Me he agarrado a su cintura y debajo de esa camisa que lleva solo hay músculo.

—Te advierto que es probable que Tony y yo nos larguemos pronto. ¿Te importa quedarte a solas con él? ¿Os vais a entender?

—Marchaos cuando queráis. Si empieza a hablar mucho y no le entiendo, le cierro la boca con un morreo y ya está.

Ambas se estaban riendo cuando los chicos regresaron con las bebidas. Tony se sentó al lado de Anna y Javi lo hizo junto a Silke.

El cóctel llamado Agua de Valencia estaba fuertecito, pero delicioso.

—¿Te gusta? —preguntó él.

—Está bueno.

Tony tiró de su brazo y ella casi acabó sentada sobre su regazo. Sintió la masculina mano en el muslo desnudo y bajó los párpados para ocultar el fogonazo de deseo que se desprendió de sus iris.

—Tengo una idea —le dijo él al oído mientras jugueteaba con un mechón de su pelo.

Su respiración le hizo cosquillas en el cuello.

—¿Quieres terminar cóctel y vamos?

—Me has leído la mente. Esto de la cita en grupo está bien, pero prefiero más intimidad.

—Yo igual.

Bebieron de sus copas mientras se miraban a los ojos. Los de él, a la luz de las velas, tenían un aspecto misterioso y hambriento.

«De rodillas ante mí, es como te gusta a ti. De rodillas, por detrás, es como te gusta más…».

Recordó la estrofa de la canción mientras notaba que el abdomen se le contraía de excitación. Esa noche era la noche. No habría excusas porque había comprado condones y los llevaba en el bolso.

—Creo que tu amiga y mi amigo se llevan bien.

Giró la cabeza sin sorprenderse demasiado cuando vio a Silke y a Javi besándose. Sin duda, ese estaba siendo su verano. Se había propuesto enrollarse con todos los tíos que le gustaran para superar una mierda de ruptura amorosa. Su novio de cuatro años la había dejado por otra después de decirle que era demasiado fría en la cama. Silke tenía necesidad de demostrar al mundo y a sí misma que eso no era verdad.

—¿Quieres salir al jardín? —le preguntó Tony—. Me ha dicho Javi que hay un laberinto.

Ella asintió.

Ambos se pusieron de pie y abandonaron el tétrico local por una puerta trasera, que conducía a una especie de túnel cuyas paredes y techo estaban cubiertos de hiedra. Al fondo se podía ver la estatua de un ángel blanco iluminado por dos antorchas.

—Es como película de miedo —apuntó ella.

—Un poco, pero tiene encanto.

En el jardín había mesas y sillas estratégicamente distribuidas y algunas personas charlaban a la luz de solitarias velas. La iluminación era tan escasa que Anna se aferró a la mano de Tony por temor a tropezar y caerse al suelo.

Casi a tientas, entre dos macizos de arbustos, encontraron una mesa alta sobre la que dejaron las copas. La vela que había sobre ella estaba a punto de extinguirse y Tony la ayudó con un soplido.

La oscuridad se cernió sobre ellos.

Había algo mágico en el ambiente. Quizá era la música apacible, la brisa nocturna o las lejanas luces que se colaban a través de las ramas de los setos.

Las facciones de ambos quedaban ocultas y solo se percibían sus siluetas.

—Tengo ganas de besarte —anunció él.

—Hazlo.

Ella dio un paso al frente. Él también. Y sus bocas se encontraron. Las lenguas se enredaron y los jadeos ahogados resonaron quedos por encima de los otros sonidos.

Los dos dejaron hablar a sus manos. Las de Anna le levantaron la camiseta y le delinearon la espalda. Las de él bajaron hasta sus muslos. El vestido era muy corto a propósito. Era una invitación que ella esperaba que aprovechase.

Y lo hizo.

Sus dedos subieron hasta sus caderas desnudas y se colaron en el elástico de sus bragas. Le rozó el vientre con los nudillos y ella lloriqueó y se frotó contra él. Era evidente que estaba muy excitado porque notó la erección presionando contra su muslo.

—Tony, quiero follar.

Él liberó una risa sonora.

—Tu vocabulario va mejorando mucho —le dijo. Luego le estrujó el trasero por debajo del vestido y le acercó la boca al oído—. *Zu mir oder zu dir?*[9]

Ella se derritió al escucharle hablar en alemán.

—*Zu mir*[10].

Sabía que él compartía vivienda, así que estarían mucho mejor en su piso.

Ni siquiera fue consciente de cómo consiguieron salir de ese jardín laberíntico sin matarse. Ella tropezó una vez, pero él la sostuvo y le pasó un brazo por el talle, sacándola de allí casi en volandas.

---

[9] ¿A tu casa o a la mía?
[10] A la mía.

No se despidieron de Javi y Silke.

El trayecto de regreso fue una mezcla de música, de él cantando y de ella riendo feliz mientras entrelazaban los dedos cuando Tony no tenía que cambiar de marcha.

Fue difícil encontrar un sitio donde aparcar y tuvieron que dar varias vueltas hasta que lo consiguieron. En cuanto Tony apagó el motor, ella se bajó del coche a toda prisa y echó a correr por la acera.

Él la siguió más despacio, meneando la cabeza con una amplia sonrisa.

—¡Vamos! —le gritó, dándose la vuelta y mirándole.

—¡Dios mío! Mi chica es una ninfómana —dijo con tono chistoso.

—Eso entiendo. En alemán es igual.

Él la alcanzó, le dio la mano y un beso en la mejilla y terminaron corriendo juntos, riéndose.

De manera inesperada, toda la calle se oscureció. Se apagaron las farolas, los semáforos, las luces de las viviendas y los neones de los establecimientos, que se solían quedar encendidos toda la noche.

De fondo, se escucharon algunos gritos.

—¿Qué pasa? —Ella se detuvo y echó una mirada asombrada alrededor.

—Un apagón —comentó Tony sin mostrar preocupación—. A veces se va la luz en verano. Es el primero que veo, pero me lo dijeron mis compañeros. Benidorm no está preparado para tener tanta gente.

—¿Mucho tiempo oscuro?

—No creo. Quizá un rato.

Atravesaron la carretera y continuaron caminando. Circulaban pocos coches y lo hacían despacio. Los faros eran la única fuente de iluminación. Tampoco había mucha gente por esas calles, aunque eso cambió cuando alcanzaron la playa. Los bares y las farolas del paseo marítimo también estaban a oscuras, pero había mucho barullo de personas andando por allí, iluminándose con mecheros.

Subieron la escalera del Torre Coblanca y accedieron al portal. El portero de noche no estaba y los ascensores no funcionaban.

Anna experimentó una creciente frustración. Tenía muchas ganas de acostarse con Tony, pero no iba a ser posible.

—Esperamos que vuelva luz aquí —propuso—. Hay un sofá.

—¿En qué piso vives?

—Veinte.

—Joder, vaya mierda —protestó él.

Anna no podía distinguirle, pero sabía que había comenzado a dar paseítos cortos por la recepción.

—¿Tus piernas están bien? —le preguntó de repente.

—Sí —repuso.

—Pues vamos por las escaleras.

—¿No esperamos?

Él se acercó, le cogió la mano y se la llevó a su entrepierna. Su sexo duro amenazaba con explotar el vaquero. Aquello la excitó mucho. Pensar que Tony era incapaz de esperar hizo que su cuerpo reaccionara y se estremeciese.

No dijo nada. Le tomó de la muñeca y le condujo hasta las escaleras.

Los primeros pisos los subieron corriendo, gastándose bromas sobre quién iba a aguantar más, pero después del quinto, bajaron la velocidad y se detuvieron unas cuantas veces para besarse. La oscuridad seguía permeándolo todo y tenían que ir palpando las paredes para continuar. Las voces de algunos vecinos se escuchaban a lo lejos.

—Si caigo, tú sálvame —pidió ella.

—Si te caes, yo me tiro encima de ti —se burló él.

Poco después, completamente exhausta, Anna se dejó caer en el último escalón de la planta doce.

—Pienso que voy a morir —se quejó.

Tony se sentó a su lado. No parecía demasiado cansado.

—¿Eres deportista?

—No —rio él—. Pero todos los días ando más de doce horas en el restaurante.

Ella le apoyó la cabeza en el hombro mientras su respiración trabajosa se iba calmando poco a poco según pasaban los minutos.

—¿Todavía cachondo?

—No —respondió él.

—Muy mal. Yo sí.

Y lo estaba. No sabía por qué, pero su cuerpo no se había enfriado con todo aquel ejercicio físico. Notaba la humedad entre las piernas.

No se supo quién hizo el primer movimiento. Quizá fue ella pasándole la pierna por encima, o él tirando de su brazo, pero terminaron enredados el uno en el otro: Anna sentada a horcajadas sobre su regazo y él hundiendo la cara en su escote y besándole los pechos. Los dos estaban sudados y pegajosos.

No podían verse, pero no hacía falta. Había muchas ganas de sentirse. Se fundieron el uno en el otro con besos bruscos y caricias impacientes. El suelo estaba duro y no era nada cómodo, pero la excitación pudo con ambos. Anna estaba lista y solo esperaba que Tony no tardara en igualarla porque necesitaba que estuviera dentro de ella.

—¿Ya estás? —le preguntó demandante.

—Casi.

Ella le lamió la oreja y se restregó contra él, provocadora. Luego le ayudó a desabrocharse el cinturón y los vaqueros y se apartó un poco para poder bajarle la ropa interior. Su sexo erguido la golpeó en el abdomen al quedar libre.

De la nada, ella escuchó cómo él rasgaba un envoltorio con los dientes.

¿Era un preservativo?

Tenía que serlo.

Jadeó al saber lo que estaba a punto de suceder. Quizá no se lo había imaginado así, en una escalera y a oscuras, donde algún vecino pudiera pillarlos, pero aquello le daba un toque de morbo a la situación que hizo que su cuerpo ardiera de deseo.

Tony le apartó las bragas a un lado y comprobó con la yema de los dedos que estuviera preparada.

Lo estaba. Estaba empapada.

Entonces, le sintió entrar en ella de una única embestida.

Ambos ahogaron los gruñidos de placer en un beso vibrante.

Solo la oscuridad fue testigo del encuentro. Fue un acto lascivo y feroz, casi salvaje, de sacudidas bruscas y choque de carne contra carne. Una locura.

Todo se desarrolló muy deprisa.

Tony la agarró por las nalgas y la embistió a gran velocidad hasta que se corrió, prorrumpiendo en gemidos. Farfulló unas palabras ininteligibles mientras su cuerpo convulsionaba.

—¡No termino todavía! —balbuceó ella—. ¡Sigue! —ordenó.

Estaba a punto de llegar al clímax. Lo notaba muy cerca.

Él le bajó el vestido y le succionó un pecho con avidez al tiempo que sus dedos buscaban su clítoris y lo pellizcaban con suavidad. Anna se abandonó a su tacto con los ojos cerrados, y se dejó arrastrar por la potencia de un orgasmo que contrajo su sexo y estremeció su cuerpo espasmódicamente.

Poco después, se dejó caer contra su torso, desmadejada.

«¡Dios mío! Este chico es impresionante».

—Eres increíble —jadeó él.

—¿Así es sexo con macarra? —preguntó, agotada.

Él soltó una carcajada que a ella le reverberó en el pecho.

Se abrazaron con fuerza, mezclando sus sudores y exhalando sonoramente.

Y entonces volvió la luz.

Capítulo Siete

Tony

Cuando abrió los ojos supo instintivamente que no estaba en su propia habitación, porque un sol espléndido entraba por la ventana y se podía escuchar el sonido del mar a lo lejos, algo que no sucedía en su piso. Disfrutó de la sensación unos segundos, antes de girarse y buscar a Anna. Dormía.

La contempló con una sonrisa perezosa. El cabello despeinado le caía por encima de la cara y solo la nariz pecosa y un poco del mentón quedaban al descubierto, así que alargó la mano y le apartó la melena con cuidado. Dormida estaba arrebatadora. Tenía los labios entreabiertos y la punta de los dientes superiores asomaba por ellos. Las ganas de besarla le hormiguearon por dentro, pero no quiso despertarla.

Habían dormido muy pocas horas.

La noche anterior, después del pasional encuentro en la escalera, que los había dejado hechos polvo —a Tony le molestaban la espalda y el trasero, y Anna se había quejado de dolor de rodillas—, fueron al apartamento. Casi de común acuerdo, decidieron meterse en la cama rápido porque estaban muy cansados.

Tony pensó que le costaría muchísimo dormirse teniéndola al lado, sin embargo, cayó rápidamente en un sueño profundo poco después de que ella también hubiera sucumbido.

Tenía el día libre, así que su idea era pasar el día entero en la cama, disfrutando de esa mujer tan especial que había tenido la gran suerte de conocer. Anna podía parecer fría, pero era puro fuego y solo hacía unas horas se lo había demostrado. Lástima que todo fue demasiado rápido e incómodo, porque lo que él deseaba era recorrer su cuerpo de arriba abajo con las manos, con la boca y con la lengua, tomándose su tiempo.

Se acercó, reptando por el colchón, y enterró la nariz en la almohada, a escasos centímetros de la cabeza femenina. Aspiró y se llenó de su olor excitante y embriagador, que era la cosa más apetecible del mundo. Se apartó instantáneamente porque la usual erección matutina no podía soportar más estímulos. Tenía que largarse al baño.

Con sigilo, salió de la cama y se puso la ropa interior que estaba en la silla de la esquina. Salió del cuarto de puntillas y se encaminó al baño. Vio que en el picaporte del dormitorio de Silke había un calcetín colgado. Curioso.

Se dio una ducha rápida y se secó con una toalla limpia que encontró en el mueble que había bajo el lavabo. Luego se enjuagó la boca con pasta de dientes y se miró al espejo. Ya se asemejaba más a un ser humano, aunque seguía teniendo unas leves ojeras.

Curraba demasiado.

Unos golpes en la puerta le sobresaltaron.

Se enrolló la toalla a la cintura y abrió una rendija.

Anna estaba en el pasillo y llevaba puesta su camiseta negra de la noche anterior, que apenas le cubría el sexo. Tenía una mirada somnolienta de lo más sensual.

Abrió la puerta de par en par y tiró de ella hacia el interior.

La abrazó y le agarró las desnudas nalgas con firmeza.

—No besas, Tony —protestó—. Quiero ducha y lavar los dientes.

—¿Puedo quedarme a mirar? —la provocó, rozándole el vientre con los nudillos.

—No, necesito ser sola. —Ella le empujó hacia la puerta—. No quiero hacer sexo en la ducha. Quiero ser cómoda hoy. Espera en la cama.

Nunca había pensado que tuviese madera de sumiso, pero que ella le diera órdenes en ese tono casi militar le ponía a cien.

—Sí, señora.

Abandonó el baño con una sensación de gozo en el abdomen y una sonrisa gigante.

Antes de entrar en el dormitorio de Anna se fijó en las bragas blancas que colgaban del picaporte. ¿Casualidad? No lo creía.

Se adentró en el cuarto, cerró la puerta y colocó la toalla húmeda en el respaldo de la silla, quedándose desnudo. Luego, sacó los condones que llevaba en la cartera, los puso en la mesilla y se dejó caer en la cama bocarriba. Una brisilla muy agradable entraba por la ventana. Desde luego, vivir en una planta tan alta tenía sus ventajas. Cerró los ojos y se imaginó las veinte mil cosas que podían suceder en esa habitación. Dirigió la mano a su entrepierna, que despertaba de nuevo, y se acarició los testículos y el rígido miembro con languidez mientras la esperaba.

La puerta se abrió y se cerró a toda velocidad, y él abrió los ojos para encontrarse a Anna con una toalla azul enrollada al cuerpo. No se había mojado el pelo. Llevaba un radiocasete de un tamaño considerable en la mano que dejó sobre la cómoda.

—¿Por qué hay un calcetín en la puerta de Silke y unas bragas en esta? —le preguntó sin dejar de tocarse.

—Claves. Silke no está sola. Yo tampoco.

Vamos, que Javi también había triunfado esa noche.

Ella dejó caer la toalla al suelo.

Era la primera vez que Tony la veía desnuda del todo. La noche anterior no había podido fijarse, porque se metió a toda prisa bajo las sábanas.

El bronceado le cubría todo el cuerpo, exceptuando un triángulo blanco que desembocaba entre sus piernas y su pubis dorado. Estaba delgada, pero tenía las curvas suficientes. Sus piernas eran largas y bien torneadas y sus brazos muy esbeltos. Tanto sus tobillos como sus muñecas eran finos, lo que le otorgaba una imagen de engañosa fragilidad. Tony ya sabía que era solo un espejismo porque era tan frágil como un tanque.

—¿Giro y miras detrás? —le preguntó ella con retintín.

—Sí, por favor —pidió con sorna.

Ella se volvió con una risilla bailando en su boca.

Tenía un culo sensacional. La erección de Tony se endureció todavía más.

Anna anduvo hasta la cómoda y enchufó el aparato de música, luego lo encendió. Una voz de hombre que cantaba en alemán llenó la habitación.

—¿Puedo ir contigo a cama? Quiero follar —dijo ella, dándose la vuelta.

—No sé quién te ha enseñado esa palabra, pero dale las gracias de mi parte, porque suena genial en tu boca.

Ella no esperó más y se abalanzó sobre él.

—Ay, me has aplastado la barriga —protestó con un lamento.

Anna le mordió una de las tetillas y luego lamió el lugar del mordisco, haciéndole estremecer.

—Vale. Puedes aplastarme todas las veces que quieras.

—Hablas mucho. Cierro tu boca.

Y lo hizo. Se la cerró con un beso íntimo y profundo.

Y jugaron. Jugaron mucho. Se besaron, se mordieron, se dieron pequeños cachetes en el trasero y se rieron. Y cuando ambos ya no podían soportar más preliminares y estaban preparados, Anna le impresionó de nuevo, arrodillándose ante él e inclinándose hasta que sus labios rozaron la punta de su miembro. Luego alzó la cara y le miró con descaro.

—La canción dice: de rodillas ante mí, es como gusta a ti, ¿no?

Tony no pudo responder porque ella le engulló. Y el calor de su boca estuvo a punto de llevarle al orgasmo.

Era indudable que Anna tenía práctica porque sabía cómo mover la lengua, cómo apretar con los labios y succionar en el momento preciso. Su largo pelo le acariciaba el abdomen y cubría la escena, de modo que él no podía verla, pero la sensación era más extrema porque cada roce resultaba inesperado.

—¡Para! —exclamó ahogadamente.

Ella se incorporó. Tenía los labios húmedos y las mejillas sonrosadas. Estaba guapa con ese aspecto desaliñado.

Tony se incorporó y la arrojó sobre el colchón para tumbarse encima de ella.

—Casi me corro, ¿sabes?

—Claro. Soy buena. Mil novios antes.

Él rio. Era la misma cifra que él le había dicho.

—¿Ya hacemos sexo? —preguntó ella con tono lascivo.

—No. Primero te voy a comer entera.

La recorrió con la lengua de arriba abajo, desde la punta de los pies, hasta los pechos y la sensual boca. Bajó de nuevo y se detuvo en su sexo. Se llenó de su aroma mientras hundía la lengua dentro y se empleaba a fondo en demostrar que él también tenía experiencia. Hizo que lloriquease de placer, que se estremeciera, que emitiera pequeños gritos y que terminara corriéndose en su boca. Y cuando estaba completamente agotada y flácida entre sus brazos, alargó la mano, cogió un condón de la mesilla, lo abrió y se lo puso.

Ambos se sacudieron cuando la penetró.

Anna le rodeó el talle con las piernas y se abrazó a su cuello mientras él se recreaba en entrar en ella despacio, gozando con cada gesto y expresión de su cara.

Si la noche anterior, el sexo había sido duro, brusco y rápido, esa mañana era lánguido y muy pausado.

No intercambiaron ni una sola palabra. Se limitaron a mirarse a los ojos todo el rato. El silencio y sus intensas miradas crearon un vínculo especial entre ellos muy palpable. Tony no sabía qué era, pero se sintió muy unido a ella.

Se besaron con parsimonia mientras se mecían al unísono. La música de fondo acompañaba los movimientos cadenciosos y la brisa que entraba por la ventana refrescaba las pieles sudadas.

Quizá ella estaba muy sensible del clímax anterior, porque poco después se tensó y gimoteó mientras su vagina se contraía de nuevo. Tony se dejó llevar también y permitió que el orgasmo, que trataba de contener desde hacía un par de minutos, se liberase.

La habitación se llenó de jadeos, de respiraciones sofocadas y del sonido de algunos besos.

—¿Podemos pasar el día aquí, en tu cama? —preguntó él tras recuperar el aliento.

—Sí, pero sin comer y beber morimos —repuso ella, acurrucándose a su lado.

—Yo solo tengo hambre y sed de ti.

Ella emitió una risita.

Tony estaba en la gloria. Era cierto que no necesitaba ni comer ni beber. Podía prescindir de todo siempre y cuando Anna estuviera junto a él. Al menos, durante veinticuatro horas, se dijo a sí mismo con guasa.

—¿Quieres…?

—Calla —le susurró ella poniéndole un dedo en los labios—. Es canción favorita.

La voz del tipo sonaba interesante y la música no estaba mal. Anna cantó también.

—*Lass mich endlich fliegen. Kapp die Nabelschnur. Denn Drachen sollen fliegen ohne feste Spur…*[11].

Era inaudito que ella consiguiera convertir ese idioma tan feo en algo hermoso.

—¿Gusta? —le preguntó cuando terminó.

No podía decir que no cuando los ojos azules chispeaban con regocijo.

—Sí. ¿Qué significa?

Ella frunció el ceño.

—Es difícil explicar. Es canción de libertad. De sentir prisionero y quieres volar. Titula Dragones deben volar.

---

[11] Déjame volar de una vez. Corta el cordón umbilical. Porque los dragones deben volar sin un rumbo fijo…

Tony asintió. Entendía por qué la canción le gustaba tanto. La primera noche le confesó que no le agradaba estudiar Derecho, pero que sus padres, más o menos, habían elegido por ella. Quizá se sentía prisionera en su jaula de oro.

—Yo quiero volar —dijo ella con un hilo de voz, dándole la razón.

—¿Dónde quieres volar? ¿Qué quieres hacer en tu vida?

—No sé. Todavía —añadió.

Durante un rato, no hablaron mucho más. Cada uno de ellos se mantenía ocupado con sus propios pensamientos.

Él también se sentía un poco prisionero y no estaba viviendo la vida que hubiera deseado, pero las circunstancias le habían llevado hasta allí.

Hasta esa mujer.

Hasta esa cama.

No iba a romperse la cabeza ni iba a pensar más allá de esa mañana y de Anna.

En ese momento, escucharon unos golpes en la puerta.

—Espera —dijo ella.

Se levantó de la cama, sin molestarse en ponerse algo de ropa.

Tony se cubrió la entrepierna con la sábana.

Mientras admiraba su trasero con una sonrisa, ella abrió la puerta una rendija y habló en voz baja con Silke. Luego cerró y se aproximó a la cama de nuevo. Llevaba una carta en la mano.

—Javi fue a trabajar. Silke va a supermercado y hay carta de mi madre en buzón —explicó y se sentó a su lado.

Titubeó antes de abrir el sobre. Había una cuartilla doblada en dos dentro. Leyó el contenido de la misiva con rapidez y puso cara de fastidio.

—¿Pasa algo? —le preguntó Tony.

—Mi hermano mayor viene el jueves. Está una semana aquí.

—¿Se queda en este piso? ¿Con vosotras?

—Sí. Familia de Silke y mi familia son amigas. Mi madre habla con madre de Silke. Holger viene de vacaciones porque termina medicina.

—¿Ya ha acabado la carrera?

—Todavía no. Ahora estudia cinco años más para… —vaciló y se quedó callada, como buscando la palabra adecuada.

—¿La especialidad?

—Sí.

—¿Qué quiere ser?

—Es nombre complicado. De nariz y oídos…

—Otorrinolaringólogo.

—Eso —repuso con un ademán.

—Dilo —le pidió él con entonación traviesa.

Anna arqueó ambas cejas y terminó sentándose sobre su regazo, a horcajadas.

—*Herzschmerz*[12]. Di tú —le provocó.

La miró con los ojos entrecerrados.

—Circunscripción —contraatacó.

—*Geschlechtsverkehr*[13].

---

[12] Dolor de corazón.

—Esternocleidomastoideo.

—*Schwangerschaftsvorbereitungskurs*[14].

¡Puñetero alemán! Era imposible competir con ella.

—Supercalifragilísticoespialidoso —le lanzó.

Anna le miró como si se hubiera vuelto loco y terminó por echarse a reír. Y Tony la acompañó. Aquello era absurdo.

Le puso un mechón de pelo detrás de la oreja. Esa oreja que ella consideraba que estaba salida.

—¿Te molesta que venga tu hermano? —Había creído leer en su expresión que no le agradaba demasiado.

—Un poco —admitió—. Es serio. No divertido. Y pijo.

Él rio.

—¿Como tú? Niña pija.

Ella se dejó caer sobre él y le agarró la cara con las dos manos.

—No. Yo macarra como tú.

Y le besó.

Y ya no hablaron más porque se mantuvieron muy ocupados.

[13] Relación sexual.

[14] Curso de preparación para el embarazo.

Capítulo Ocho

Anna

No había sido del todo sincera con Tony cuando le dijo que su hermano era serio y poco divertido. En realidad, era un gilipollas integral. Anna y él nunca se habían llevado bien. Encajaba mucho mejor con Rudi, que tenía solo un año más que ella. Eran bastante similares.

Pero con Holger…

Su hermano mayor tenía veinticinco años, no estaba mal físicamente porque era rubio y tenía los ojos azules de la familia, pero era arrogante y pensaba que todo el mundo era imbécil. Todos menos él, claro. Sus bromas solían ser crueles y a ella la trataba con mucha condescendencia, como si todavía tuviese doce años. Jamás la tomaba en serio y eso la irritaba sobremanera.

En cuanto entró por la puerta del piso ese jueves por la tarde, Silke y ella se dieron cuenta de que la semana iba a ser complicada.

Llevaba una camisa blanca de manga larga, bermudas de cuadros, unos zapatos blancos de cordones y un rictus de irritación en la boca.

—Hola, Anna. Hola, Silke —las saludó mientras dejaba la maleta en medio del pasillo—. Es horrible el calor que hace aquí. Y la humedad. Tengo la ropa pegada al cuerpo. Y el taxista que me ha traído no hablaba ni una palabra de alemán y apenas inglés. Estos españoles son unos analfabetos —gruñó—. ¿En qué habitación voy a dormir yo? Espero que sea grande porque los espacios pequeños me agobian.

Anna se mordió los labios e intercambió una mirada de fastidio con Silke. Después le condujo al dormitorio que había ocupado ella hasta el día anterior. Había trasladado sus cosas al de su amiga, con la que compartiría cuarto mientras su hermano estuviese allí.

—Menos mal que en este piso no hace tanto calor. —Se dirigió a la ventana—. Y las vistas no están nada mal.

—Enhorabuena por haber aprobado el examen —le dijo ella.

—No ha sido para tanto, ya sabes que soy un cerebrito —se rio. Y se dio la vuelta para mirarla—. Estás muy morena. A ver si cojo color yo también. Me doy una ducha y salimos a cenar.

—Es pronto.

—¡Pero si son las seis! Tengo un hambre que me muero. No he comido nada desde esta mañana.

—Nosotras estamos cenando con el horario español. A las diez.

—Ah, Anna, siempre igual con tus tonterías —dijo con desdén—. Desde que estuvimos en el pueblito ese cuando éramos pequeños estás loca por este país y esta gente con sus costumbres peculiares. Lo único bueno que tienen son las playas y la comida, porque en mi vida he visto a tanto burro suelto. Son vagos y sucios.

Ella le escuchó sin mover ni un músculo. Le quería porque por sus venas corría la misma sangre, pero no le caía bien. Si no hubiese sido su hermano, nunca se habría hecho su amiga. No entendía a quién habría salido. Sus padres, a pesar de todo su dinero, no eran así.

—A mí me encanta España. Y los españoles son estupendos —repuso con acritud.

La miró con incredulidad y terminó por menear la cabeza.

—¿Te ha servido de algo estudiar el idioma o no te enteras de nada?

Anna rechinó los dientes. No era una pregunta ofensiva, pero en su boca sonaba así.

—Sí, me entero, y hemos conocido a gente muy simpática. Hay dos mellizas con las que hemos hecho amistad y nos ayudan mucho.

—Me alegro —declaró con desinterés—. Está muy bien que hagas amigos, pero no entiendo lo de seguir los horarios españoles. No tiene sentido. ¿A qué hora coméis, entonces?

—A las dos y media.

—¡Por Dios! Menuda estupidez.

Silke entró en la habitación; llevaba un plato con un sándwich y una botella de agua.

—Seguro que tienes hambre. Toma.

—Gracias, Silke. —Miró a Anna con los ojos entrecerrados, como reprochándole que a ella no se le hubiera ocurrido prepararle algo de comer.

—Podemos cenar un poco antes hoy, Anna —propuso su amiga—. A las nueve. ¿Aguantarás? —le preguntó a Holger.

Este, que tenía la boca llena, asintió con cara de irritación.

—Tienes una toalla limpia en el baño —dijo Anna.

—Perfecto. Ahora me ducharé. ¿La televisión tiene canales alemanes?

—No.

—Qué mierda —protestó. Se sentó en el borde del colchón y se movió para comprobar su firmeza—. Por lo menos la cama parece buena.

«Que sepas que hace tres días se la chupé a un chico español de esos sucios y vagos en esa cama en la que vas a dormir».

Anna le sonrió. Luego tiró del brazo de Silke y las dos se fueron al dormitorio que ahora compartían.

—¿Por qué le has preparado un sándwich? Tiene manos y es mayorcito —le preguntó con sequedad, después de cerrar la puerta.

—Para que se callara. Sabía que ibais a terminar discutiendo.

Anna la miró agobiada. Luego se dejó caer en una butaquita que había al lado de la ventana y se apartó el pelo de la cara con un rápido movimiento.

Estaba indignada. Y muy dolida. No era la primera vez que le escuchaba hablar así de gente de otros países que él consideraba inferiores, como los inmigrantes turcos que habían llegado en masa a Alemania en los últimos años, pero esta vez ella se lo había tomado como algo personal porque no había podido dejar de pensar en Tony.

—¿Has oído lo que ha dicho? —masculló entre dientes—. Está lleno de prejuicios y es un xenófobo. Es increíble que seamos familia.

—Ya lo sé. Pero no merece la pena discutir. Haz oídos sordos —expuso Silke con calma—. La culpa es de mi madre por decirle que venga cuando quiera.

—Ojalá hubiera venido Rudi. Con él sí que nos lo hubiésemos pasado bien. —Hizo una pausa y miró a su amiga a los ojos—. No quiero que se entere de lo de Tony. Así que, mientras esté aquí, ni una palabra. No me apetece nada que me amargue las vacaciones haciendo comentarios hirientes.

Silke la miró con simpatía.

—Solo es una semana. Podremos sobrevivir. Ánimo. Y no va a enterarse de lo de Tony —dijo con mucho convencimiento—. Seguro que ni se cruzan.

Sin embargo, a veces el destino era caprichoso. Y el encuentro entre ambos jóvenes fue inevitable.

Fue por culpa de las mellizas. Fueron ellas las que, alegremente y sin saber que Anna quería evitar cualquier tipo de contacto entre su hermano y su chico, reservaron una mesa para los cinco en La Calita para el sábado por la noche.

A ambas les cayó bien Holger. Quizá porque al no hablar su idioma no se daban cuenta de lo afectado que se mostraba o porque también sabía ser educado y, de vez en cuando, sacaba su encanto a pasear. Se conocieron en la piscina del edificio el viernes y a él debieron de caerle en gracia porque hablaban inglés y se podía comunicar bien con ellas. Además, como le había confesado a Anna en privado, se notaba que tenían dinero y que habían estudiado una carrera.

Ella se pasó todo el sábado con el estómago acalambrado. Incluso cuando todos se fueron a la playa esa tarde, ella declinó y se quedó en la piscina, tomando el sol y tratando de hacer ejercicios en su libro de español, sin mucho éxito. No sabía por qué, pero tenía un mal presentimiento. Sabía que algo iba a salir mal durante la cena. Lo sabía.

La mesa estaba reservada para las diez de la noche. Su hermano había protestado en un principio, pero como eran las mellizas las que lo habían organizado, le tocó callarse.

Anna se puso un vestido largo de color azul celeste. Silke llevaba minifalda vaquera y un top negro de tirantes y Holger se atavió con unos pantalones de pinzas blancos y un polo color salmón. Las mellizas, con las que habían quedado en el portal, también llevaban vestidos; el de Elena era cortito, de flores, y el de Sara, largo y de rayas rojas.

Las dos españolas acapararon la atención de Holger y se adelantaron un poco. Mientras que Anna y Silke quedaron rezagadas.

La calle estaba llena de gente y caminar en línea recta no era fácil. Había que esquivar a familias enteras, a parejas, a niños y a grupos de gente joven. Las luces de los restaurantes y bares invitaban a sentarse a cenar o a tomar algo. Había bullicio y alegría por todas partes.

—Admite que no está nada mal —cuchicheó Silke.

—Lo admito —contestó Anna con un encogimiento de hombros.

Su hermano medía un metro ochenta y cinco. Tenía una espesa mata de cabello rubio ondulado y unos ojos bonitos. Además, solía jugar al tenis y aquello le mantenía en forma. Era un regalito para los ojos de cualquier chica a la que le gustaran los chicos de aspecto nórdico.

—Si no fuera tan gilipollas, me liaría con él, —continuó Silke—, pero me daría miedo que se pusiera a decir chorradas mientras estamos follando.

Anna rio.

—Puedes ponerle esparadrapo en la boca. Seguro que lleva algún rollo en el bolsillo.

Ahora fue Silke la que soltó una risotada.

—¿Crees que se va a enrollar con alguna de las dos? —preguntó, señalando a las españolas.

—Lo dudo. Le encanta ser el centro de atención y está feliz porque las dos le miran como si fuera el hombre más increíble del universo, pero sé la clase de chicas que le gustan. Y Elena y Sara son demasiado inteligentes para él —expuso Anna con sarcasmo.

—Recuerdo a la novia esa que tuvo. Anja, se llamaba, ¿verdad? Era guapísima, pero no hablaba casi nada y siempre le daba la razón en todo.

Anna la recordaba. Le caía bien.

—¿Sabes por qué cortó con ella?

—Ni idea.

—Porque dejó la carrera de medicina y decidió cambiarse a enfermería. Tuvieron una discusión horrible en casa. Él la amenazó con cortar si abandonaba y le dijo cosas muy feas, como que los enfermeros eran gente fracasada y que lo único que iba a hacer en el hospital era limpiar culos y cambias sábanas. Y mucho más que no recuerdo. Fue la primera vez que escuché a Anja alzar la voz. Le mandó a la mierda.

—Con razón.

Se acercaban ya a La Calita y a Anna le empezó a palpitar el corazón a toda velocidad. Agarró la mano de Silke y tragó saliva.

Los otros tres se habían detenido y las esperaban para entrar juntos.

En cuanto puso un pie en la terraza del restaurante, encontró a Tony instantáneamente. No tuvo que buscarle. Era como si estuviesen unidos por una fuerza invisible. Estaba junto a la barra, llenando una bandeja de bebidas, y le daba la espalda.

¿Alguna vez iba a superar que el pantalón del uniforme le sentara tan bien?

Se acomodaron en la mesa que habían reservado. No estaba en la zona de mesas que solía atender

Tony y a ella le pareció fantástico. Ahora bien, no podía dejar de mirarle de reojo. Iba de mesa en mesa, moviéndose como un bailarín, sonriendo con simpatía a todo el mundo. A Anna no le extrañaba que recibiera tantas propinas porque era encantador.

Tardó en descubrirla, pero cuando lo hizo, se detuvo y la sorpresa se reflejó en su cara. Esa sonrisa simpática que regalaba por doquier se convirtió en una de felicidad deslumbrante. Sus ojos oscuros la devoraron mientras la saludaba con la mano.

Ella se limitó a inclinar la cabeza y a sonreírle con brevedad, antes de echarle un vistazo a su hermano, que estaba ocupado hablando con Elena.

Notó la mano tranquilizadora de Silke en el muslo.

—Estás tensa. Relájate, que no va a pasar nada —siseó su amiga.

«Ojalá tengas razón».

Holger no tardó en empezar a mirar en todas direcciones con impaciencia.

—Cómo tardan en venir a tomarnos nota. Qué lentitud. Esto en Alemania no pasa. —Su tono era agrio.

Anna se mordió la lengua y dio gracias al cielo de que ni Sara ni Elena hablasen alemán.

En ese momento, el camarero de más edad se acercó con una libretita en la mano y las cartas.

—Buenas noches. ¿Quieren ir pidiendo la bebida mientras se van pensando la comida?

—Pregúntale si tienen cerveza alemana —le dijo Holger a Anna.

—No tienen —contestó esta—. Solemos venir aquí y ya hemos preguntado. Nosotras vamos a tomar sangría. Está muy buena.

—Ya sé lo que es la sangría —repuso él con petulancia—. Bueno, pues yo también tomaré.

Mientras echaban un vistazo a la carta, que también estaba en inglés y no hubo necesidad de traducirla, Anna no podía dejar de lanzar miradas furtivas a Tony. De vez en cuando, sus ojos se cruzaban. Pese a que atendía mesas en el otro extremo de la terraza, la miraba con frecuencia. También ojeaba a su hermano con curiosidad.

El camarero regresó con la jarra de sangría y la dejó en el centro de la mesa.

—El tipo este huele a pescado rancio —masculló Holger con las aletas de la nariz dilatadas.

Anna alzó la cara con precipitación, pero el camarero sonreía con amabilidad. Sabía que se llamaba Eugenio y que era el más veterano. Y de ningún modo olía a pescado rancio, solo a aceite de fritos, lo cual era lógico, si estaba entrando y saliendo de la cocina.

—Ten más cuidado con lo que dices —le regañó.

—Si no me entiende —indicó con un encogimiento de hombros—. Seguro que si le llamo idiota ni se da cuenta.

Anna apretó la mandíbula y estuvo a punto de patearle por debajo de la mesa. No soportaba su tonito prepotente y burlón. Pero irguió los hombros y se dedicó a ignorarle.

Elena y Sara, ajenas a los malos modales de Holger, pidieron la cena: una fritura de pescado, sepia a la plancha y mejillones al vapor.

Anna vació la copa de sangría casi de un trago y se sirvió otra. Estaba fresquita y entraba sola; esperaba que se le subiera rápido a la cabeza para que la preocupación se esfumara.

El ambiente era ruidoso y la música española de fondo se mezclaba con las voces de las conversaciones de las otras mesas. Sara empezó a hacerle preguntas a su hermano sobre la carrera y aquello los salvó a todos. A él le encantaba hablar de medicina. Era su pasión absoluta.

Bebieron y comieron con ganas. Todo estaba delicioso y ni siquiera Holger pudo quejarse. La conversación fluía en inglés, que era la lengua que todos hablaban con mayor o menor destreza.

Anna aprovechó que los demás estaban distraídos para buscar a Tony. Estaba hablando con unas chicas españolas de otra mesa. Dos de ellas le estaban tirando la caña, y le pareció la cosa más lógica del mundo. Tony era el hombre más atractivo que había visto en su vida.

Él se giró y, al descubrirla, le guiñó un ojo.

Las maripositas de su estómago despertaron, y ella se apresuró a volverse y fingir que escuchaba a sus acompañantes.

Habían transcurrido solo unos segundos cuando notó una presencia a su espalda.

—¿Todo bien por aquí?

Era Tony.

Se había situado justo detrás de su silla y le acariciaba el cuello con mucho disimulo con un dedo. A ella se le erizó el vello de la nuca.

—Todo perfecto —contestó Sara.

—Más sangría, chico —chapurreó Holger en español con un gesto y un tono propios de un rey hablando a un súbdito.

Anna se puso rígida. ¿Chico? Iba a decir algo, pero notó la mano de Silke en el muslo de nuevo.

—Claro —repuso Tony con cortesía. En su voz sonaba una sonrisa—. Enseguida la traigo, señor. ¿Algo más?

Anna se lo habría comido a besos por su saber estar y por su educación. Se giró para mirarle de frente.

—No. Muchas gracias, Tony.

Él le brindó una sonrisa fugaz y se fue.

—¿Le llamas por su nombre? ¿Le conoces? —inquirió su hermano.

—Es un amigo nuestro —dijo con sequedad.

—Es camarero.

—¿Y qué?

—Es vulgar y ordinario. ¿No has visto que lleva la camisa abierta y se le ve el pelo del pecho? Y los pantalones ajustados y esos andares de chulo. Es un proletario y se le nota a la legua.

Silke carraspeó y Anna enrojeció de indignación. Sara y Elena no entendían nada, pero seguían el cruce de palabras con interés.

—Es una persona muy agradable y simpática. Es un buen amigo —articuló ella entre dientes—. Así que te rogaría que te abstuvieras de decir nada en su contra.

Él se la quedó mirando con los ojos entrecerrados, intentando leer dentro de ella, que le sostuvo la mirada con frialdad.

—Vaya, así que un buen amigo…

En ese momento llegó el protagonista de la conversación con la jarra de sangría y la dejó encima de la mesa.

—Tú, Anna, amigo. —Su hermano se dirigió a él con malicia.

Tony asintió con una sonrisa amable.

—Es mi hermano, Holger —le presentó ella sin muchas ganas.

—Encantado.

Tony le tendió la mano. Su hermano la miró como si estuviera contaminada por millones de bacterias, pero la educación terminó por ganar la partida y se la estrechó. Después y, sin mucho disimulo, se limpió la palma en la servilleta.

Todos en la mesa fueron conscientes del incidente. Tony incluido, que no perdió los nervios ni dejó de sonreír.

Anna estaba a punto de echarse a llorar por la vergüenza.

Entonces Holger hizo algo todavía peor. Formó un puño con la mano derecha e introdujo el pulgar entre el dedo índice y el corazón y lo alzó en alto.

—Amigos —repitió con una risotada.

Tony buscó la cara de Anna con confusión.

Ella solo quería que se la tragara la tierra.

Ese gesto, en Alemania, significaba follar. Gracias a Dios, en España no debía de tener el mismo significado porque ni las mellizas ni Tony reaccionaron de un modo negativo.

—Está todo bien. Muchas gracias, Tony —le dijo con una sonrisa forzada.

Él se despidió con la frente arrugada por la incomprensión.

El silencio se cernió sobre todos los ocupantes de la mesa. Silke, consciente del malestar, se dirigió a las mellizas, preguntando por la traducción de una frase y las distrajo.

—¿De verdad te estás tirando a ese tío? Por Dios, qué asco —masculló Holger antes de darle un trago a la sangría.

—¿Por qué no te metes la lengua en el culo? No te soporto.

Él soltó una risa estridente y, haciendo caso omiso de su enfado, empezó a hablar con Sara.

Ella no volvió a dirigirle la palabra y tampoco habló mucho. Estaba demasiado cabreada. Se limitó a asentir o a negar cuando alguien le preguntaba algo. También evitó buscar a Tony con los ojos; mantuvo la vista fija en el plato mientras pensaba cómo podía disculparse con él.

Cuando pidieron la cuenta, fue Eugenio quien se la trajo. Holger insistió en invitarlas y dejó una generosa propina. Al menos no era tacaño.

Quedaban solo tres mesas ocupadas cuando decidieron marcharse.

Antes de abandonar el local, por el rabillo del ojo, localizó a Tony cerca de la barra. Él señaló la parte trasera del restaurante. Tenía un cigarro en la mano.

Ella no reaccionó, pero se las arregló para dejar el bolso encima de la mesa, cubierto por una servilleta. En cuanto se hubieron alejado unos metros caminando por la acera que daba a la playa, se detuvo bruscamente.

—Me he olvidado el bolso —dijo en inglés para que todos la entendieran—. Seguid andando y ahora os alcanzo.

No esperó respuesta. Se dio media vuelta y echó a correr. Rodeó la edificación y se encaminó a la parte de atrás, donde estaba el aparcamiento de tierra.

Tony la estaba esperando, con la espalda apoyada en la pared y el bolso en la mano. Había poca iluminación, solo dos faroles a ambos lados de la puerta.

—¿Este bolso es suyo, señora? —dijo él con tono provocador.

Ella se lanzó a sus brazos sin decir nada. Le abrazó y hundió la cara en su cuello. Estaba tan avergonzada que ni se atrevía a mirarle de frente.

—¿Qué pasa?

—Lo siento.

—¿El qué?

—Mi hermano.

Él la apartó y le alzó la barbilla con los nudillos.

—¿Qué culpa tienes tú de que sea un gilipollas? —dijo y se encogió de hombros.

Ella se tapó la cara con las manos.

—Es humillante. Piensa él es superior.

—No te preocupes. No me importa. Conozco a mucha gente así.

—No está bien. Hace cosas feas. El gesto con puño en Alemania es follar.

Tony abrió los ojos, sorprendido.

—Qué listo. Entonces sabe que follamos —dijo con ironía.

Ella le miró con intensidad. Seguía enfadada, pero era fantástico que a Tony no le importara la actitud de Holger.

—En España, eso se les hace a los niños cuando les robas la nariz, ¿sabes? Cuando he visto que lo hacía he pensado que era muy infantil y que a lo mejor buscaba un amiguito para jugar —dijo con tono inocente.

Ella no pudo hacer otra cosa más que echarse a reír. Tony era genial.

—Eres divertido. Río mucho contigo.

—Me encanta que te rías. ¿Cuándo me vas a dar un beso en condiciones?

Casi no le dejó terminar la frase y se arrojó sobre su boca.

Se besaron apasionadamente, hasta que él se separó y apoyó la frente en la suya.

—Te echo de menos. Me gustaría estar siempre contigo.

Anna cerró los ojos al escucharle. Era lo mismo que sentía ella.

—El sábado que viene por la noche te voy a llevar a un sitio alucinante —continuó él.

—Cuento minutos hasta sábado, entonces.

Él la besó. Fue un beso breve, pero cargado de afecto.

—Tengo que volver. Me esperan —musitó ella con pesar.

—Vete. Y no discutas con tu hermano. Si te molesta, piensa en mí y en todo lo que vamos a hacer cuando él se vaya —le dijo con una sonrisa canallesca.

—Ok —repuso sin aliento.

Se giró y se alejó unos pasos, pero él la llamó.

—Anna.

Se dio la vuelta y le miró.

—Estás preciosa hoy.

Capítulo Nueve

Tony

El lunes se acercó a la playa y merodeó por la zona donde solían ponerse Anna y sus amigas. No tardó en descubrirlas porque reconoció la toalla de florecitas. Estaban sentadas charlando animadamente. También estaba su hermano, pegadito a ella, como si fuera un perro guardián.

Se alejó unos metros, utilizando las sombrillas de la gente como parapeto, y se metió en el agua, esperando a una distancia prudencial a que ella se bañase para poder acercarse.

No fue fácil.

Anna no tardó en andar hacia la orilla con su braguita azul y sus irresistibles pechos dorados por el sol, pero Holger y Elena la acompañaban. Tony se armó de paciencia mientras los espiaba detrás de unos niños que se bañaban con una colchoneta. Estuvieron un buen rato hablando con el agua a la altura de las caderas, hasta que Anna se separó de ellos y comenzó su rutina de nadar hacia la boya.

Tony sabía que solo tenía una oportunidad. Aprovechando que había mucha gente en el agua y que podía pasar desapercibido, la interceptó cuando regresaba, antes de que se acercase a sus acompañantes. La sujetó por la cintura y la giró. Ella estuvo a punto de gritar, pero él la calló con un beso profundo mientras sus cuerpos ingrávidos chocaban debajo del agua.

—Tengo ganas de ti —susurró. Luego se separó de ella y la contempló. Tenía las mejillas encendidas y respiraba ahogadamente—. Vete antes de que nos vea tu hermano.

Y ella se fue.

La vio alejarse nadando, aunque las brazadas no eran tan vigorosas como de costumbre. En una ocasión giró la cabeza y le miró.

Él le lanzó un beso.

Tuvieron que pasar cinco días para que volvieran a verse.

Anna le llamó por teléfono a La Calita el mismo sábado por la mañana para decirle que le esperaría en el Penelope Beach Club.

Cuando acabó su jornada laboral, Tony se cambió de ropa y se arregló a toda prisa en los aseos. Se puso unos vaqueros, las zapatillas y una camiseta negra, añadiendo al conjunto una bandana atada a la muñeca, el pendiente y algunos colgantes de cuero. El pelo le había crecido tanto en el último mes que era imposible peinarlo hacia arriba, así que dejó que le cayera sobre la frente.

De camino a su encuentro, se encendió un cigarrillo mientras andaba deprisa, adelantando a la gente que paseaba con más tranquilidad. No había quedado a una hora específica con Anna, pero el ansia le podía. Empezaba a preguntarse qué pasaría cuando ella se marchase. Había intentado ahuyentar esa idea de su cabeza en múltiples ocasiones, pero regresaba a él recurrentemente. Solo la conocía desde hacía veinte días y se habían visto cinco veces y, sin embargo, tenía la sensación de conocerla de toda la vida.

Era extraño.

Penelope estaba lleno de jóvenes y la música rebotaba en las paredes. Sonaba la *Lambada* y Tony quiso suicidarse al escucharla. La horrible cancioncilla se había puesto de moda ese verano y era imposible librarse de ella.

Echó una ojeada por la barra y la pista de baile hasta que vio a las cuatro muchachas. Estaban al fondo con un grupo de chicos. Dos de ellos asediaban a Anna, que se limitaba a sonreír con desinterés y a dar tragos a su bebida.

La contempló desde lejos, admirando su postura y la forma de rechazar a los pesados con una educación infinita. Uno de los chicos se acercó tanto, que ella tuvo que echar la cabeza hacia atrás para que no le rozara la mejilla con la boca.

Tony elevó ambas cejas y una sonrisa burlona le adornó los labios.

«Chaval, no tienes nada que hacer».

No sabía por qué estaba tan seguro de eso, pero lo estaba.

Casi como un animal acechando a su presa, se aproximó despacio hacia el grupito. Ella le vio acercarse y su cara se iluminó de placer. Cuando sus miradas se cruzaron, las chispas saltaron entre ellos.

No hubo saludos ni palabras. Se abrazaron y se fundieron en un tórrido beso.

Y el local entero desapareció.

Hasta la puñetera *Lambada* le pareció una maravilla mientras se perdía en la boca cálida que sabía dulce. Era obvio que ella había estado tomando Malibú con piña.

Se separaron faltos de aire.

—Vámonos —murmuró él.

Anna se limitó a tomar la mano que él le ofrecía y echaron a andar sin despedirse de nadie. Esquivaron a algunas parejas que bailaban pegaditas en la pista hasta que se hallaron en el exterior. Se miraron y se echaron a reír.

—Qué maleducados somos. No nos hemos despedido de tus amigas. Y tampoco de tus amigos —agregó con ironía.

—No tengo amigos. Solo tengo a ti —bromeó ella, pestañeando con exageración.

—Pobre Anna, sin amigos. Yo te voy a consolar.

Tiró de su mano y se pusieron en marcha mientras la contemplaba de reojo. Estaba guapa, con el pelo suelto, unos vaqueros ajustados y una camisa roja corta que le dejaba el ombligo al descubierto.

—¿Qué tal con tu hermano?

—Mal. No somos amigos. Somos diferentes y discutimos —suspiró—. Es mejor que va. Mi otro hermano, Rudi, sí es amigo. —Tras una pequeña pausa le preguntó—: ¿Tú tienes hermanos?

—No. Soy hijo único. Mis padres me tuvieron ya mayores. Creo que fui un accidente.

Charlaron sobre sus respectivas familias mientras caminaban por el paseo marítimo hasta el final de la playa, donde estaba el ayuntamiento. Era una zona menos concurrida, No había pubs ni gente paseando.

—Esto conozco —dijo ella de pronto—. Vengo con mellizas. ¿Conoces mirador?

Tony negó. No había tenido tiempo de hacer turismo. Casi no salía de La Calita y cuando lo hacía era para estar con Anna.

Ella dio un saltito cargado de entusiasmo y le guio a través de callejuelas estrechas, hasta que pasaron por debajo de un arco y alcanzaron una plaza con una balaustrada blanca. Pese a lo tarde que era, había algunas personas haciéndose fotos.

Tony miró alrededor con asombro. El sitio era chulísimo y lamentó no tener una cámara de fotos. Sería un fantástico recuerdo tener una con Anna.

—Vamos —le instó ella.

Había una escalera que parecía conducir al mar, flanqueada por palmeras y flores. Abajo, como emergiendo de las rocas en medio del agua, se alzaba una plataforma de cinco lados también rodeada de los mismos balaustres blancos, cuyo suelo estaba embaldosado formando un ajedrez gigante. Algunos focos la iluminaban.

—¡Ostras! ¡Qué pasada! —comentó Tony cuando llegaron abajo.

Se apoyaron en la barandilla y contemplaron el mar oscuro. Las olas rompían contra las rocas y salpicaban espuma blanca justo debajo de ellos.

—Bonito, ¿verdad? —dijo ella.

Corría la brisa y le agitaba el cabello. Tony alargó la mano y le cogió un mechón de pelo que se enroscó en el dedo. Lo acarició con el índice y el pulgar mientras se embebía en el entorno, que tenía algo de mágico.

—El lugar es increíble —dijo al fin—. Lástima que no podamos hacernos una foto.

—Tengo cámara. —Ella se abrió el bolso que llevaba colgado en bandolera y extrajo una cámara compacta de color negro.

—No hay nadie que pueda…

Anna se acercó mucho y puso la cámara del revés, enfocándolos. Luego presionó el botón rojo que había en la parte superior. El flash saltó y los cegó momentáneamente.

—¡Dios mío! No veo nada —exclamó él parpadeando con exageración—. Necesito agarrarme a algo.

Y se sujetó a ella, poniendo las manos en su trasero.

La escuchó reír.

—Eres… canalla.

—¿Quién te ha enseñado eso? No me gustan tus profesores —farfulló, dándole un mordisquito en la clavícula.

—Yo aprendo con libros, pero aprendo más de Elena y Sara. Ahora sé decir: ¿Qué pasa, colega? Flipo colores. De eso nada, monada. Chachi piruli. Alucino pepinillos y otras cosas que olvido. ¡Ah, sí! Qué nivel, Maribel. —Se encogió de hombros al tiempo que arrugaba la nariz—. No sé quién es Maribel.

A Tony le entró la risa floja. Estaba monísima diciendo todas esas chorradas con el fuerte acento germano. No pudo hacer otra cosa más que abrazarla y darle un beso.

¡Qué a gusto estaba con ella!

Volvieron a enfrascarse en la oscuridad del mar con los dedos entrelazados.

—Ahora está tranquilo —expuso ella—. De día hay mucha gente. No puedes ver. Y allí en mar hay un géiser. —Señaló hacia la oscuridad—. Dispara agua.

Tony ya había oído hablar del famoso géiser. Tendrían que volver de nuevo de día para poder verlo.

Poco después, un matrimonio bajó por la escalera y se detuvo a unos metros de ellos. También contemplaban el mar mientras cuchicheaban.

Después de asegurarse de que eran españoles, Tony se acercó y les preguntó si podían hacerles una foto.

Posaron abrazados con una enorme sonrisa y les dieron las gracias.

—Cuando las reveles quiero una copia —le pidió él.

Anna asintió y volvió a guardar la cámara.

—¿Cuándo escuchamos música de verdad? —preguntó.

Él compuso una mueca traviesa.

—Pues ya mismo.

Se dirigieron a la escalera y la subieron, dejando atrás al matrimonio, del que se despidieron con un gesto. Abandonaron la original plaza de la balaustrada y volvieron a internarse en las callejuelas del pueblo. A Tony le costó orientarse. A fin de cuentas, solo había ido al Camel una vez, hacía unas semanas. Santi le había dicho que allí pinchaban música rock y punk, tanto española como extranjera, muy alejada de los sonidos discotequeros de los locales de la playa y de la carretera, y a Tony se le habían encendido los ojos.

Después de pasar unas horas allí, supo que quería llevar a Anna.

Tras equivocarse dos veces de camino llegaron a su destino. El local estaba situado en la esquina de una edificación de dos plantas. El nombre del pub, CAMEL, para el que se había utilizado la misma tipografía que en la marca de tabaco, aparecía en un cartel en la pared, a la altura de los ojos. Había unas cuantas personas sentadas en mesas en el exterior, fumando y bebiendo. La mayoría eran españoles, aparentemente.

La entrada, flanqueada por rejas blancas, estaba bajo un toldito marquesina también blanco, y la música escapaba al exterior por la puerta abierta. Tony comenzó a sentir cómo la excitación le recorría de arriba abajo cuando escuchó que sonaba Joy Division y su *Love will tear us apart*.

Nada más entrar, estaba el pinchadiscos con sus dos platos, y detrás, en un mueble empotrado con estanterías de madera, había cientos de vinilos, que a Tony le parecieron un paraíso. A continuación, justo tras la barra de madera, clavadas en la pared, había una extensa colección de baquetas rotas y astilladas, firmadas.

Era un garito de esos que a él le gustaban.

Buena música. Buena cerveza. Buena gente. Cero pijerío.

El sitio no era muy grande y estaba lleno. Unas escaleras conducían a la planta superior, pero abajo se escuchaba mejor la música. Se acodó al final de la barra, en un hueco pequeño que estaba libre por casualidad, y miró a Anna, que estaba escaneándolo todo con los ojos muy abiertos. El suelo lleno de servilletas de papel arrugadas y de colillas pisoteadas parecía llamarle mucho la atención. Estaba claro que no era el tipo de bar que soliera frecuentar.

Él pidió dos botellines de Mahou y le tendió uno.

—Nunca estoy en bar así —le confesó casi al oído—. Rudi siempre va. Pero yo no conozco lugares como este. Mis amigas en Hamburgo son… ¿pijas?

No tenían mucho sitio, así que Tony la cogió por las trabillas del pantalón y la atrajo hacia sí, de modo que sus caderas entraron en contacto.

—El lugar donde yo trabajo en Madrid es similar a este, pero más grande. Lo mejor de todo es la música.

Ella le dio un trago a su botellín y frunció la frente.

—No conozco mucho de música.

Si de algo sabía Tony era de ese tema y se explayó contándole anécdotas de los grupos y de las canciones que el pincha iba seleccionando. Le habló de la disolución de algunas bandas, del suicidio de los cantantes de otras, de anécdotas que conocía de sus vidas y de los conciertos a los que había asistido. Y cuando sonó Thin Lizzy y su *Boys are back in town*, le confesó que la primera vez que se enrolló con una chica sonaba esa canción. Le contó lo desastrosa que fue esa noche porque estuvo a punto de hacerse pis encima mientras la besaba, ya que llevaba horas sin ir al aseo. Lo admitió sin vergüenza alguna.

Ella le miraba sin interrumpirle, escuchándole muy atenta. De vez en cuando se reía y le hacía preguntas.

Cuando sonó *Maneras de vivir* de Rosendo, Tony notó cómo se le aceleraba la sangre. Le encantaba esa canción. Había estado en el concierto el año anterior y fue una pasada.

—Esta canción es brutal.

Le miró confusa.

—¿Brutal es chachi piruli?

A él le entró la risa.

—Mejor. Es de puta madre.

—De puta madre. Ok. ¿Eso es bueno?

—Es muy bueno —le ronroneó en el oído, y pudo sentir que ella se estremecía.

Un segundo botellín siguió al primero.

—Me gusta mucho —observó ella.

—¿La cerveza?

—No. Que tú hablas conmigo como igual. No tratas como chica.

La miró sin saber muy bien a qué se refería. Le dio un trago al botellín y esperó, lleno de curiosidad, a que continuara hablando.

—En Alemania, los chicos tratan como figura de cristal. Tienen miedo de mí.

Tony enarcó las cejas, asombrado.

Ella meditó, buscando las palabras más adecuadas.

—Mi padre es dueño de hospital. Mi madre es cirujana famosa. Muy importantes en Hamburgo. Creo que chicos tienen mucho respeto de mí. Nunca dicen que piensan. Siempre muy educados. —Hizo una pausa y le sonrió—. Tú enseñas malas palabras y llevas a sitios extraños. Y dejas pagar a veces. Me gustas mucho.

A Tony, esas palabras que ya le había dicho en otras ocasiones, se le clavaron en el pecho como una flecha disparada desde corta distancia. Sintió que los latidos de su corazón se aceleraban y que se le estrechaba la garganta.

Volvió a besarla y se sintió como un adolescente, cuando se iba a la parte trasera del Penta a enrollarse con la chica que le gustaba. Estaba igual de alterado, con los nervios a flor de piel. Anna debía de sentir algo parecido —o eso esperaba—, porque le abrazaba como si no hubiera un mañana ni un lugar al que retornar.

Se separaron con reticencia. Él sacó el paquete de tabaco y descubrió que le temblaba un poco la mano. Sacó un cigarro, lo encendió y se lo dio a Anna para que le diera alguna calada. El compartir cigarrillo se había convertido en una costumbre.

Recorrió el pequeño bar con la vista mientras su excitación se enfriaba poco a poco, y se dio cuenta de que había menos gente que cuando llegaron.

Los Toreros Muertos empezaron a entonar *Mi agüita amarilla*, otra de sus canciones favoritas. Y cuando Anna se inclinó y le preguntó si se referían a agua con limón, él tuvo que agarrarse a la barra para no caerse de la risa. Le explicó lo que era y ella se mostró incrédula, pero terminó por reírse.

Pidieron el tercer botellín y chocaron las botellas mientras intercambiaban un cruce de miradas cargado de diversión debido al malentendido.

—Tengo ganas de bailar contigo —le confesó él al cabo de un rato.

—Yo no sé bailar esta música.

Acababa de empezar a sonar la armónica con la que Ramoncín iniciaba la mítica *Hormigón, mujeres y alcohol*.

—Es fácil. Solo tienes que cerrar los ojos y mover tu cuerpo. Da igual lo que hagas.

De hecho, todo el mundo en el bar —los pocos que quedaban ya— había empezado a cantar a voz en grito y a brincar desenfrenados.

Tony tiró de ella y la obligó a acompañarle.

Y Anna le siguió.

Su timidez inicial se desvaneció por completo.

Agitó la melena como un cantante de heavy metal y saltó al ritmo de la música. Giró sobre sí misma y fingió usar el botellín como un micrófono mientras tarareaba palabras que no existían.

Tony disfrutó viendo cómo se liberaba. Esa belleza rubia casi indiferente y fría se convirtió en un potente huracán de fuego y luz. Y él, como una tonta polilla, supo que iba a ir directo hacia el resplandor que desprendía, aun a sabiendas de que era probable que se quemara las alas. Pero ¿quién necesitaba alas, teniéndola a ella?

Fue maravilloso.

Terminaron sofocados mientras se encontraban en un abrazo.

—Eres increíble —le susurró él.

—Tú también.

Sus risas tontas se entremezclaron.

El volumen de la música descendió poco a poco hasta convertirse en un mero murmullo.

—Parece que van a cerrar. Vámonos —propuso Tony.

Cuando llegó el camarero para cobrar, él se sacó la cartera del bolsillo, pero vio la expresión de Anna y volvió a guardársela, recordando lo que le había dicho antes.

—Paga ella —comentó—. Soy un mantenido.

El camarero se rio y cogió el billete de mil pesetas que Anna le tendía.

Cuando salieron, vieron que las mesas del exterior estaban vacías. Tony se miró el reloj. Eran casi las cuatro de la mañana.

Se volvió hacia ella, que sonreía y tenía las mejillas sonrosadas.

—¿Te ha gustado la noche?

—Contigo siempre me gusta.

Atravesaron varias callejuelas desiertas y él aprovechó la oscuridad para besarla en cada esquina y portal. A veces era ella la que le detenía y tomaba la iniciativa. Ninguno de los dos estaba borracho porque no habían bebido mucho, pero parecía embargarlos una curiosa felicidad que los llevaba a sonreír todo el rato.

En lugar de bajar hasta el paseo marítimo, en el que todavía habría gente, recorrieron el camino de vuelta por calles paralelas, en las que no había nadie a aquella hora. Tony la agarró por la cintura y la obligó a bailar debajo de unos soportales mientras tarareaba una canción de Danza Invisible.

—Sabor de amor, todo me sabe a ti, comerte sería un placer porque nada me gusta más que tú. —Se detuvo y le mordisqueó el lóbulo de la oreja, para luego continuar—: Boca de piñón, bésame con frenesí. Besarte es como comer palomitas de maíz…

—¿Mi boca es palomitas? —preguntó ella con asombro.

Tony reaccionó dándole un beso y fingiendo que saboreaba.

—Mmm… Tu boca es deliciosa. Sabe a salchichas con chucrut.

Ella le pegó un leve puñetazo en el hombro.

Riendo, continuaron andando e intercambiando miradas cargadas de complicidad, hasta llegar frente a la puerta del Torre Coblanca. Había sido una noche fantástica y lo último que quería Tony era despedirse de ella, pero tenía que levantarse pronto para ir a trabajar.

Hasta ellos llegaba el ruido de la gente y la música de los pubs que se encontraban a la vuelta de la esquina.

—¿Subes? —le preguntó ella con esos enormes ojos cargados de deseo.

—Me tengo que levantar en un par de horas —respondió con la boca pequeña. Muy pequeña.

—Es igual. Quiero dormir contigo.

La miró durante una milésima de segundo antes de cogerle la mano.

—Vamos.

Capítulo Diez

Anna

Era una locura y apenas podía creerlo, pero se había enamorado de Tony. Y ni siquiera había hecho falta un mes para que sucediera.

Y sabía que a él le pasaba lo mismo.

No era la primera vez que se liaba con alguien estando de vacaciones, pero lo que ocurría entre ellos era mucho más que un simple rollo de verano. Quizá todavía no habían expresado con palabras sus sentimientos más profundos, pero eran bastante obvios.

Anna cerró los ojos y pasó revista mentalmente a la última semana. Habían hecho tantas cosas que era casi imposible recordarlas todas, cada frase, cada gesto, cada beso o roce. No quería olvidar absolutamente nada.

La noche del domingo, Tony consiguió salir antes del trabajo —no sabía qué tendría qué hacer a cambio de pedir tantos favores—, y la llevó a una fiesta de la espuma a la playa. Había un grupo tocando sobre un escenario en medio de la arena, y un montón de gente en bañador, bebiendo y pasándolo bien, disfrutando de la música y el ambiente. Para ella resultó ser una experiencia nueva y diferente; nunca había visto algo así. Las mellizas y Silke también estaban, pero cada uno iba por libre. Elena se había enrollado con un belga y desapareció nada más llegar. Silke y Sara coqueteaban con un grupo de ingleses. Y Tony y ella bailaban y se besaban.

Poco después de llegar, a medianoche, dos enormes cañones empezaron a disparar la curiosa sustancia sobre el público y a cubrirlo todo de blanco. Los gritos subieron de volumen. El grupo tocaba una canción que todo el mundo parecía conocer. El cantante gritaba «Salta, salta conmigo», y todos lo hacían con entusiasmo. Tony y ella incluidos.

Las personas se escurrían y se hundían en ese mar blanco artificial y revuelto. La espuma terminó por extenderse tanto que no se podía huir de ella y convirtió el trozo de playa en un caos. Tony le agarró la mano con fuerza, pero no sirvió de nada y ambos terminaron cayendo sobre la arena que se había convertido en algo viscoso y frío. Se rieron como niños mientras intentaban ponerse de pie y no lo conseguían.

Fue una noche muy loca. Una noche para recordar.

Y el final fue perfecto.

Todo el mundo acabó bañándose en el mar y cantando a voz en grito.

Ellos dos se alejaron de la costa y del gentío hasta que el agua solo dejó sus cabezas al descubierto.

Hubo besos, palabras susurradas al oído y muchas caricias, hasta que se vieron obligados a salir y dirigirse al apartamento de ella para terminar lo que había empezado en el agua.

Al día siguiente, fueron a una calita de difícil acceso, no muy lejos de la playa principal. Tony le dijo que se llamaba la cala del Tío Ximo y que pocos turistas la conocían. Él mismo solo había estado allí una vez.

Cuando llegaron al lugar, Anna abrió la boca, deslumbrada. Se trataba de una cala pequeña, de unos sesenta metros de longitud, rodeada de acantilados. El agua era de un color azul turquesa impresionante y estaba tan limpia que se podía ver el fondo rocoso sin problemas. La arena se mezclaba con cantos rodados y guijarros, y agradeció llevar unas sandalias de goma.

No habría más de doce personas y la mitad iban desnudas. Ella se burló de Tony pretendiendo que iba a quitarse también la parte de abajo del bikini, y él le lanzó una mirada de fingido enfado.

—Si lo haces, yo también lo haré y te avergonzaré con mi mástil sin bandera.

Ella no lo entendió y cuando él le explicó lo que significaba, se rio mucho.

Era tan gracioso. Utilizaba las expresiones más locas y curiosas. No recordaba haberse reído tanto en su vida. Era por su forma de hablar, por sus comentarios, porque parecía no tomarse la vida en serio y sacar solo lo positivo de las cosas. Era por los lugares poco comunes a los que la llevaba, como el sitio ese que se asemejaba a una iglesia para ritos satánicos, o el pequeño bar en el que había bailado sin prejuicios, dejándose llevar.

Tony era fantástico. Y ella se sentía igual de fantástica junto a él.

Pasaron todo el día en esa cala, tomando el sol, bañándose y disfrutando de la paz y tranquilidad que ofrecía, en contraste con la abarrotada playa de Levante; incluso comieron allí unos bocadillos que habían llevado.

Y vieron atardecer.

Anna no sabía si todos los atardeceres españoles eran así, llenos de tonalidades, pero los de la costa mediterránea lo eran y la tenían encandilada. Cuando el sol comenzaba a desaparecer por el oeste y el estallido de colores llenaba el cielo era su parte favorita del día. Y todavía más si él estaba cerca. Sentados en una toalla, abrazados y con la mirada extraviada en el horizonte, vieron la puesta de sol. Tony respiraba pesadamente junto a ella, que tenía el corazón encogido.

Otro momento único que atesorar.

Después de aquello, recogieron sin prisas y se fueron.

Se pusieron en marcha sin rumbo fijo, escuchando una emisora de música española. De vez en cuando, se tocaban las manos con suavidad y se miraban. Terminaron por salir de la ciudad hasta llegar a una zona sin edificios, y se internaron en un camino desierto, rodeado de pinos. Solo la luz de los faros guiaba al vehículo, ya que ni siquiera había alumbrado público.

Habían alcanzado una especie de claro, cuando él detuvo el coche y apagó las luces, pero dejó la radio encendida.

—¿Eres asesino en serie o violador? —le preguntó.

—Todavía no —bromeó, pero se puso serio muy rápido—. Solo quiero hacer el amor contigo aquí, en el coche.

Ella se quedó sin aliento al escucharle. El abdomen se le contrajo y su sexo se humedeció. Así era siempre con él.

Tony echó los asientos hacia atrás y los convirtió en una improvisada cama. Se desnudaron con parsimonia al ritmo de la música y, tal y como él había dicho, hicieron el amor.

Fue una experiencia lenta, delicada e íntima. Hermosa y pasional. Él la llevó a entregarse por completo y a abandonarse en sus brazos. De fondo sonaba una canción flamenca que a Anna le pareció preciosa.

«Si me das a elegir entre tú y la riqueza, con esa grandeza que lleva consigo, ay, amor, me quedo contigo… Pues me he enamorado y te quiero y te quiero y solo deseo estar a tu lado, soñar con tus ojos, besarte los labios, sentirme en tus brazos que soy muy feliz».

Fue una experiencia mágica.

Otra más.

Había pasado casi una semana desde entonces y todavía se le ponía la carne de gallina al recordar esa noche. La luna se había reflejado en el parabrisas y los cristales del coche se habían empañado. Ellos se habían abrazado y, sin hablar, se habían dicho cientos de cosas.

¿Cómo no iba a estar enamorada de Tony si le daba todo lo que nunca nadie le había dado?

Suspiró y suspiró, y volvió a suspirar.

Era el último fin de semana de agosto y las vacaciones pronto tocarían a su fin. Las mellizas se habían despedido de ellas el día anterior. Regresaban a Madrid porque Sara comenzaba a trabajar en un sitio nuevo la primera semana de septiembre, y Elena se había apuntado a un curso para perfeccionar el inglés. Intercambiaron direcciones y números de teléfono y prometieron estar en contacto.

A Silke y a ella todavía les quedaban algunos días más. Tenían los billetes de avión reservados para el catorce de septiembre.

Dieciocho días.

Dieciocho días y se tendría que despedir de Tony.

La congoja la invadió.

Le hubiera encantado desahogarse con Silke, pero su amiga tenía una cita con un chico que había conocido hacía dos tardes en la playa y se había marchado hacía un rato.

Ella también estaba esperando a Tony. Habían quedado en reunirse en la calle a las dos y media de la mañana para ir a la otra playa de Benidorm, la gran desconocida, a pasar la noche. Por supuesto, aquello fue idea de él. Siempre tenía ideas descabelladas que a ella le encantaban.

Decidida a no dejarse llevar por la melancolía, terminó de preparar una mochila con algunas cosas y cogió una chaqueta vaquera por si acaso hacía frío al amanecer. Luego abandonó el piso y subió al ascensor para dirigirse a la planta baja. Se despidió del portero de noche y salió a la calle.

—¡Rubia!

Giró la cabeza y allí estaba el chico que la volvía loca.

Al igual que ella, se había puesto vaqueros y zapatillas, solo que su camiseta, en lugar de ser blanca como la suya, era negra y llevaba estampada en la pechera una imagen muy colorida con el nombre del grupo ese del pis que a ella le hacía mucha gracia: Los Toreros Muertos. Se había puesto también la sonrisa más deslumbrante del mundo y los ojos más profundos del universo.

Cuando bajó la escalera que llevaba a la acera de carrerilla, él la cogió en volandas, como si no pesara nada, y la besó con ganas.

—Vamos a pasar una noche increíble —le dijo, depositándola en el suelo y tirando de ella—. Vamos a dormir bajo las estrellas con el sonido del mar de fondo. Crco que es la mejor idea que he tenido nunca —dijo, ufano.

Ella no pudo más que darle la razón.

El Seat estaba estacionado en doble fila porque no había sitio para aparcar por la zona. Guardaron la mochila de Anna en el maletero y se encaramaron a los asientos delanteros.

El coche de Tony se había convertido para ella en un lugar muy acogedor, pese al ruido que hacía al arrancar, que la suspensión era bastante deficiente y que olía a tabaco. El ambientador con forma de arbolito que llevaba colgando del espejo retrovisor no podía hacer desaparecer el penetrante aroma a cigarrillos, pero ella ya se había acostumbrado.

—Abre la guantera y saca las cintas. Busca una que pone Radio Futura.

Ella lo hizo. Abrió el compartimento y vio que había una gran cantidad de casetes sin funda, con los títulos escritos a mano. No tardó en encontrar la que él pedía y la introdujo en el aparato. Pronto, los primeros acordes de una batería y una guitarra llenaron la cabina del coche.

—¡Escucha esta canción porque es lo más! —exclamó él, subiendo el volumen.

Ella sonrió para sus adentros. Tony no tenía objetividad a la hora de hablar de sus grupos favoritos o de las canciones que más le gustaban. Eran muchas las que le parecían lo mejor del mundo.

—Arde la calle al sol de poniente —canto él con entusiasmo—. Hay tribus ocultas cerca del río. Esperando que caiga la noche. Hace falta valor, hace falta valor. Ven a la escuela de calor.

Anna se reclinó en el asiento y cerró los ojos, feliz. Adoraba escucharle cantar. A veces se le iban un poco las notas y desafinaba, pero eso solo conseguía que a ella le gustara todavía más.

Tardaron poco en llegar a su destino y aparcar.

La playa que se extendía ante ellos nada tenía que ver con la que solían frecuentar. Era mucho más grande y amplia, con una balaustrada blanca que la separaba de la acera. La zona entera no estaba muy poblada y los edificios no eran gigantescos rascacielos. Donde ellos dejaron el coche, al final de la carretera, se erguían grandes y lujosas casas de una o dos plantas. Por allí no había comercios, tiendas ni restaurantes. Ni gente paseando. Se respiraba una paz inusual.

—¿Esto es Benidorm? —preguntó con asombro.

—Sí, la playa de Poniente.

—No es igual que otra.

—No. Esta playa es más familiar y no está pensada para el turismo —añadió con un encogimiento de hombros—. Como ves, no hay nadie. Estamos solos.

Ella se acercó a las escaleras y bajó al arenal. Se quitó las zapatillas y, con ellas en la mano, corrió hacia la orilla del mar, en la oscuridad, hasta que las olas le lamieron las puntas de los pies. El agua no estaba muy fría. Una menguante luna plateada se reflejaba sobre la negra superficie, y si giraba la cabeza a la izquierda, podía ver las luces de la otra playa, a lo lejos.

—Esta playa gusta más —dijo, al escuchar que Tony se acercaba.

—Y a mí.

Se volvió para mirarle. Él también se había descalzado y había dejado las mochilas de ambos a unos metros de la orilla.

—Has traído otra ropa, ¿verdad? —le preguntó él.

Apenas había tenido tiempo de asentir cuando le lanzó una patada de agua que la empapó. Luego huyó deprisa con la risa flotando en el aire.

En un primer momento, se quedó paralizada, demasiado pasmada para reaccionar, mientras el cabello le chorreaba y la camiseta se le pegaba al cuerpo. Mas no tardó en salir de su trance y echar a correr tras él.

—¡Ven, macarra! —le gritó.

Él no se había alejado mucho, pero la esquivaba cada vez que trataba de cogerle. Le persiguió un rato sin mucho éxito hasta que se cansó e ideó un plan. Fingió molestarse y se dio media vuelta, como si el juego no le interesara lo más mínimo. Esperaba que Tony cayera en la trampa y fuese tras ella.

—¿Estás enfadada? —Le escuchó preguntar, muy cerca.

Ella frunció los labios con malicia. Luego se giró y le salpicó con todas sus fuerzas con los dos pies, hasta que él acabó tan empapado como ella.

—Si atrapo otra vez, corto tu colita —le amenazó.

—¿Colita? —replicó él con un resoplido—. Tú sabes que no es pequeña.

—Pues corto cola.

—No es cola —rio él—. Aquí en España decimos polla.

—¿Polla? ¿Como mujer de pollo?

—Eh, sí.

No pudo evitar reírse. A veces los españoles tenían unas palabras de lo más insólitas para describir las cosas. ¿Una polla? ¿Qué tenía que ver ese animal con el miembro de los hombres? Era gracioso.

—En alemán se dice *Schwanz*, que es cola.

—Aquí solo dicen cola o colita los niños pequeños.

Después de decir eso, volvió a salpicarla y ella se vengó respondiendo del mismo modo. Se abalanzó sobre él y trató de hacerle perder el equilibrio, pero no pudo porque era demasiado fuerte y la cogió en brazos, adentrándose en el mar. La dejó caer en el agua, pero ella se agarró a su pierna y él cayó a su lado. Terminaron chapoteando y casi sin aliento.

Cuando regresaron al lugar donde Tony había dejado sus cosas, ambos tiritaban. No hacía mucho frío, pero era desagradable llevar la ropa empapada. Se desnudaron mientras se piropeaban el uno al otro y se burlaban de tonterías. Se secaron con rapidez y ella se puso un vestido corto y cómodo de tirantes; él, solo un bañador, dejando su torso al descubierto.

Habían llevado dos esterillas y unas cuantas toallas y Tony las extendió en la arena. Se sentaron y contemplaron el mar oscuro durante un largo rato. Solo la espuma de las olas en la orilla le daba una pincelada de color.

Tony sacó dos latas de cerveza de una neverita pequeña y le tendió una.

—¿Sabes qué significa mi apellido? —preguntó ella repentinamente.

—No. Ni siquiera sé pronunciarlo —dijo él de buen humor.

—Schwarz.

—Suart —repitió con mirada esperanzadora.

Anna sonrió y asintió, esperando que su padre no la desheredara si se enteraba de que su chico había destrozado el nombre familiar.

—Significa negro.

—¿En serio? ¿Te llamas Anna Negro?

—Sí. Creo que es raro tú y yo juntos. Yo soy negro como anochecer. Y tú eres Alba, como amanecer.

Tony giró la cara hacia ella, sorprendido.

—No es raro. Es genial. Nos complementamos.

A Anna le gustó que dijera eso.

Bebieron un rato en silencio, arrullados por el tenue sonido de las olas. A Anna le encantaba ese mar tranquilo y ondulante. No tenía nada que ver con el mar del Norte, con las aguas frías, las olas violentas y las impresionantes mareas.

Un poco más tarde, se tumbaron a mirar las estrellas. El cielo estaba despejado y eran muchas las que titilaban en él. Tony encendió un cigarrillo y se lo pasó. Ella le dio una calada y al expulsar el humo, las estrellas desaparecieron detrás de la sinuosa columna gris. Contempló la punta roja y luminosa del cigarro.

Iba a echar de menos esos ratos.

Ese pensamiento la llevó a estremecerse.

Él debió de malinterpretar su reacción porque se apresuró a sacar más toallas y a cubrirlos a ambos. Luego la abrazó y atrajo su cabeza hasta su pecho.

De nuevo guardaron silencio, embebidos en la inmensidad del cielo y del mar que los rodeaban. Era como si fueran las dos únicas personas del universo.

—¿Qué vas a hacer cuando regreses a Hamburgo?

La pregunta la pilló desprevenida.

No tenía ni idea. Suponía que volvería a la universidad, a vivir en su apartamento, a quedar con sus amigos, a lo de siempre.

Un enorme rechazo se afianzó en su interior.

No deseaba volver a lo de siempre.

—No sé —respondió—. ¿Y tú?

—Tampoco lo sé. No puedo seguir viviendo de lo que cobro en el Sacrilegio —admitió—. Tendré que buscarme un trabajo serio. Quizá me quede aquí. No se vive mal en Benidorm.

¡Qué maravilla vivir junto al mar!, pensó con envidia.

Se acurrucó en sus brazos y le acarició el torso. Le encantaba juguetear con el vello oscuro que lo cubría. Enredaba los dedos en él y le rascaba la piel con las uñas con delicadeza. A él también parecía gustarle porque siempre dejaba escapar pequeños jadeos.

—¿Piensas alguna vez en casar? —le preguntó.

—Nunca me lo he planteado. Tendría que encontrar a la mujer perfecta.

—¿Cómo es mujer perfecta?

Él tardó en contestar.

—A ver, tiene que ser rubia, eso es indispensable.

—Yo soy rubia.

—Calla. Déjame continuar. —Hizo una pequeña pausa—. Tiene que ser alta y tener los ojos azules y algunas pecas en la nariz.

—Yo…

—No interrumpas —la regañó—. Es muy importante también que hable raro y que tenga las orejas salidas.

Ella le pegó un golpe en la barriga mientras los dos se reían entre dientes.

—Mujer perfecta soy yo.

—Nunca he pensado en casarme, pero si algún día me decido, tendré que casarme contigo porque cumples todos mis requisitos —dijo con tono desenfadado.

Anna sonrió y le abrazó con más fuerza. Poco después sintió cómo él le besaba la coronilla.

—¿Y cómo es tu hombre perfecto?

No se iba a andar con rodeos. No era su estilo.

—Tony. Tú eres.

Supo que él se estaba riendo porque su torso se sacudió.

—Cómo me gusta tu forma de ser, Anna. Lanzada y al grano. Entonces, nos casaremos. Es una promesa. ¿Cuántos hijos vamos a tener?

—No sé. Cuatro o cinco. —Ella le siguió el juego. Era bonito imaginar.

—¿Tantos? Tendremos que trabajar muy duro para alimentarlos —se burló.

—Puedes trabajar en La Calita también lunes —propuso.

Una risotada escapó de la garganta de Tony.

—Eres maligna. Yo trabajando todos los días sin respiro, ¿y tú?

—Yo cuido nuestros cinco hijos.

—¿Qué van a ser? ¿Chicos o chicas?

—Unos chicos y unas chicas. Da igual, pero todos guapos como yo.

—En eso estoy de acuerdo.

—¿Cómo quieres llamar

—No sé. No lo he pensado mucho. Si es chico, quizá Jorge.

—*Gorgue*... Oh, no puedo decir.

Qué malvado, elegir un nombre que no podía pronunciar.

—O Diego —continuó él, y era evidente que trataba de contener una risa.

—Diego. Es bonito. Yo quiero Lukas.

—¿Y si es niña?

No se lo pensó demasiado.

—Erika. O Laura.

—Me gustan —observó él.

Tras eso, ella cerró los ojos y fantaseó con lo imposible: una vida y un futuro junto a Tony. Se casarían y vivirían en España, quizá en Benidorm. Y tendrían hijos, algunos se parecerían a él y otros a ella. Y encontrarían trabajos en los que ambos fueran felices. Y se reirían mucho. Y harían el amor todas las noches.

Estarían juntos para siempre.

—He traído un radiocasete que me ha prestado Javi —interrumpió él sus ensoñaciones y alargó el brazo para sacarlo de la mochila—. ¿Has traído la cinta?

—Sí.

Ahora fue ella la que tanteó su mochila para sacar la cinta. La había grabado con sus temas preferidos de diferentes cantantes y grupos y pensaba regalársela a él. Introdujo el casete y le dio al *play*. La música salió de los altavoces y bajó el volumen, antes de acomodarse entre las toallas, abrazando a Tony.

Disfrutaron de las canciones en silencio. De vez en cuando, él le pedía que le tradujera algo o comentaba que cierta canción le sonaba.

Anna se encontraba en el paraíso: escuchando su música favorita, en la soledad de una playa alucinante, en una noche cálida de verano y con el chico del que estaba enamorada.

No podía desear nada mejor.

Intercambiaron algunos besos breves, pero nada más. Ese momento no era un momento de sexo. Era un momento de ternura y emotividad. De afecto.

Durante unos segundos se planteó confesarle a Tony todo lo que llevaba dentro y decirle que se había enamorado de él.

No lo hizo.

Y no supo muy bien por qué.

Cuando escuchó los primeros acordes de *Lass uns leben*[15] de Marius Müller-Westernhagen se le encogió el corazón. Amaba esa canción y su significado.

---

[15] Vamos a vivir.

¡Cómo le hubiera gustado que Tony pudiese entenderla!

«Weil ich dich liebe, weil ich dich liebe. Zu lieben ist gar nicht so schwer.

Bitte sei doch nicht gekränkt, dass ich mir nicht mein Hirn verrenk. Was nun morgen wird aus uns, scheißegal. Komm lass uns leben, lass uns leben[16]».

Mientras seguía la letra en su cabeza, se aferró a Tony. Tenía ganas de llorar, pero se controló. Tal y como decía el cantante, había que aprovechar el instante que estaban viviendo juntos.

—¿Es una canción triste? —le preguntó él, acariciándole la mejilla.

—Dice vivir el presente, amar y no pensar en futuro.

Él no dijo nada, pero ella pudo notar que se tensaba.

Una franja de claridad comenzaba a asomar por el este y aquello la dejó consternada. ¿Ya se había terminado el día y empezaba otro nuevo?

Uno menos para estar con él.

—Está amaneciendo —señaló Tony.

—Sí. Una noche corta.

—Demasiado corta.

Contemplaron cómo el sol se iba elevando al otro lado de la bahía. Si los atardeceres de Benidorm eran rosas, los amaneceres eran naranjas y amarillos.

---

[16] Porque te quiero. Porque te quiero. Amar no es tan difícil.
Por favor, no te enfades si no me rompo la cabeza pensando en qué será de nosotros mañana. Eso importa una mierda. Vamos a vivir. Vamos a vivir.

Era un espectáculo digno de ver. El mar como un espejo sereno y en paz, y esa esfera resplandeciente mirándose en él. Pronto, el brillo dorado sobre el agua cristalina los cegó.

—Es precioso —murmuró ella.

—Lo es.

Tony le sujetó la cara y la giró hacia él. Tenía una expresión seria en el semblante.

—Tus días son tuyos, haz lo que quieras —dijo en voz baja y ronca—, pero de aquí a que te vayas, regálame tus noches. Quiero que todas tus noches sean mías.

Ella le miró mientras el pecho se le expandía. Estaba espléndido con ese contraluz, a pesar de no haber dormido nada, con los párpados pesados y el pelo revuelto…

—Son tuyas, Tony —concedió con un suspiro—. Todas tuyas.

Capítulo Once

Tony

Era una locura y apenas podía creerlo, pero se había enamorado de Anna. Y sabía que a ella le sucedía lo mismo.

Y solo faltaban cinco días para que se marchara.

No podía ni imaginar cómo sería seguir sin ella. No después de las últimas noches que habían compartido. Noches llenas de besos y abrazos. De confesiones. De trazar planes imposibles. De hacer el amor. Se habían unido tanto que iba a ser una agonía despedirse. El estómago se le encogía cada vez que pensaba en ello.

Había tratado de controlar sus sentimientos; había intentado convencerse a sí mismo de que era solo un rollo de verano y nada más, pero no había servido de mucho.

Aquel amor que se le escapaba por todos los poros de la piel era incontrolable.

Nunca, en sus veinticinco años de vida, se había enamorado, y tenía que hacerlo de una alemana de clase alta que iba a regresar a su país y a la que probablemente no volvería a ver en la vida.

El peor escenario posible.

¡Una mierda!

No obstante, si ese era el último fin de semana que iban a pasar juntos, iba a ser un fin de semana que ella no olvidaría jamás.

Hacía días, había hablado con su jefe para pedirle el domingo libre, prometiendo compensarle con horas extras, y este había aceptado. Así que ahora tenía dos días ante sí para pasarlos con Anna. Cuarenta y ocho horas que pensaba aprovechar hasta el límite.

Ella no tenía ni la menor idea de sus planes.

Quería sorprenderla.

Eran las diez de la mañana cuando aparcó en doble fila en la calle del edificio donde se alojaban las chicas. Se bajó del Seat, ignorando el calor y la humedad, y se dirigió al portal de una carrera. Saludó al conserje a través de la vidriera y llamó al portero automático.

—Hola.

Era Silke.

—Hola, Sil. Soy Tony. ¿Puedo hablar con Anna?

—Eh… ¿Tony? —exclamó atónita—. Uno momento.

Él pudo escuchar un cuchicheo de voces a través del altavoz.

—¿Tony? ¿Qué pasa? —Había preocupación en la voz de Anna.

—No pasa nada. Tengo el día libre. ¿Quieres hacer un viaje conmigo? Volveremos mañana.

—¿Viaje? No entiendo. ¿Dónde?

—Sorpresa.

—Bueno. Sí. Cojo una ropa. Espera.

Había tardado un segundo y medio en decidirse, lo que le hizo sonreír.

Mientras aguardaba, se encendió un cigarrillo y caminó hasta el paseo. La playa comenzaba a llenarse de gente. No había tanta como en julio o agosto, pero el turismo seguía llegando. Salva le había dicho que en Benidorm se curraba el año entero en hostelería, aunque en invierno todo decaía.

Su contrato en La Calita acababa a finales de ese mes, pero se estaba planteando quedarse algún tiempo más. Su jefe había dejado caer que le gustaba su forma de trabajar, y él no tenía grandes proyectos en Madrid.

No sabía qué hacer.

—Tony.

Se dio la vuelta con precipitación y allí estaba Anna, con una blusa azul, vaqueros cortos y deportivas. Llevaba una mochila al hombro.

No se acercó a ella, se limitó a contemplarla con intensidad desde la distancia. De algún modo tenía que grabarse su imagen en el cerebro. El pelo, la cara, el cuerpo, sus pecas, sus labios…

—Me dejas sin aliento. —Se aproximó y la besó con deseo.

Ella le regaló una sonrisa resplandeciente.

—¿Dónde es viaje?

—No preguntes. Es una sorpresa. ¿Se ha enfadado Silke por abandonarla?

—No. Ella tiene planes.

—Perfecto.

Se montaron en el coche y Tony encendió el motor.

—Soy ansiosa —comentó ella—. Pero las sorpresas gustan mucho. ¿Es viaje largo o corto?

—¿Qué quieres, largo o corto?

Ella pareció pensar con mucho ahínco y él la miró de costado. Cuando se ponía tan seria se le arrugaba la frente de un modo encantador.

—Largo —repuso—. Quiero estar contigo en coche mucho tiempo. Con música y tú cantas.

—Canto fatal.

—Sí, verdad, pero me gusta.

«Viva la sinceridad», se dijo él con ironía.

—¿Tengo que cantar todo el rato? Son muchas horas —dijo, fingiendo fastidio.

—No importa. Tú cantas para mí —dijo con tono de sargento. Luego alargó la mano y encendió la radio—. Canta esta. Seguro tú sabes. Es divertida.

Sonaba *Aquí no hay playa* de The Refrescos, y claro que se la sabía. ¿Quién no? Era otro de los éxitos que más se escuchaban ese verano.

Mientras enfilaban la carretera que salía del pueblo, Tony cantó. Sabía que hacía gallos y le costaba afinar, pero cumpliría su deseo, porque Anna se reía feliz.

Desde hacía unos meses se tardaba menos de seis horas en hacer el trayecto Madrid-Benidorm; antes de eso, cuando todavía no existían los tramos de autovía de la nacional trescientos treinta y trescientos treinta y uno, el viaje podía durar más de ocho horas por carreteras de un único carril por sentido.

Llegarían a la capital sobre las seis y media de la tarde, con tiempo de sobra para que Tony pudiera enseñarle el centro y luego llevarla al Sacrilegio.

Quería pinchar para ella.

Anna no tardó en darse cuenta del destino. Los carteles que indicaban el desvío hacia Madrid lo hicieron muy evidente.

—¿Vamos a Madrid?

—Sí —le contestó.

—Oh…

La miró y comprobó que parecía impresionada.

—¿Estás bien?

—Muy bien. Emociona que enseñes tu hogar.

Él sentía la misma emoción que ella y tragó saliva, reprimiendo un suspiro.

Continuó cantando. Llevaba sintonizada en la radio la Cadena 40 Principales, que solo emitía música, tanto nacional como internacional. Se permitió descansar cuando ponían alguna canción en inglés cuya letra no dominaba, pero la mayoría de las españolas las conocía y cantó unas cuantas para ella: *El imperio contraataca* de Los Nikis, *Cuatro Rosas* de Gabinete Caligari, pero cuando entonó *Bailaré sobre tu tumba* de Siniestro Total, Anna le miró con la boca muy abierta y eso le hizo reír.

—Morboso.

—Un poco, pero mola.

—¿Mola es *cool*? —comentó ella.

—Sí.

Cuando pasaban cerca de Albacete, el cielo se tornó gris y empezó a llover. Tony se desvió hacia un bar de carretera, donde comieron unos bocadillos y bebieron unos refrescos, mientras esperaban a que escampase. Era la típica tormenta de verano que no duró demasiado, y pronto pudieron proseguir camino.

Pese a que no les gustaba la misma música, los dos estaban dispuestos a probar cosas nuevas y aceptar los gustos del otro. Mientras que Anna disfrutaba con Rick Astley y Whitney Houston, Tony prefería New Order o Depeche Mode. Sin embargo, ambos coincidieron en que *Jump* de Van Halen era genial.

Anna se sabía la letra, él fingió sabérsela.

Ella no volvió a hacer preguntas sobre el destino o sobre lo que había planeado. En apariencia, confiaba en él ciegamente. Debido a eso, Tony estaba cada vez más ansioso. Ese viaje relámpago a Madrid le había parecido una idea fabulosa, pero ya no estaba tan seguro. Era muy consciente de los orígenes de Anna y de los ambientes que frecuentaba, y él iba a llevarla a lugares más oscuros, a su mundo. Un mundo en el que ella quizá no se sintiera a gusto.

Descartó de pleno ir al piso de Carabanchel. Era un cuchitril viejo, lleno de trastos en el que no funcionaba nada. A la tele había que patearla para que se encendiera y la cisterna solo soltaba agua una de cada tres veces.

Prefería que durmieran en el coche o en algún hostal barato.

También descartó llevarla al barrio donde se había criado. No podía imaginársela allí.

Eran las seis cuando entraron en la capital por la Plaza de Conde de Casal. Era una tarde calurosa y había bastante tráfico, la mayoría eran domingueros con poca práctica a la hora de conducir, y Tony tuvo que hacer uso del claxon en varias ocasiones.

No tardaron en llegar hasta la nueva estación de Atocha. Él le iba indicando a Anna —que no quería perderse nada— hacia dónde tenía que mirar. Pasaron por delante del Jardín Botánico y del Museo del Prado, y al llegar a la fuente de Cibeles, condujo despacio para que ella pudiera ver el majestuoso edificio de Correos, y la Puerta de Alcalá en la distancia.

Anna estaba impresionada. Sacaba la cabeza por la ventanilla y hacía fotos, admirando cada monumento y cada calle, al tiempo que gritaba de alborozo.

—Solo veo en libros —decía una y otra vez—. ¡Conozco esto! Me encanta todo.

Tony se limitaba a sonreír.

Se internaron en la Gran Vía, pero no tardaron en girar a la derecha, y les tocó dar algunas vueltas por las estrechas calles hasta que encontraron un sitio para aparcar, no muy lejos del Sacrilegio.

Cuando él se bajó del coche y sintió el calor sofocante sobre la piel, casi soltó una exclamación de placer. Había echado de menos ese calor seco madrileño que le quemaba a uno la nariz y los pulmones al respirar.

Anna se bajó del vehículo y miró alrededor con interés.

Él trató de ver la ciudad a través de los ojos de ella. No se encontraban en la mejor zona de la capital y esas calles no estaban muy limpias. Las edificaciones eran viejas, con las fachadas descascarilladas y los muros llenos de grafitis. La miró de lado para observar su reacción, pero solo vio curiosidad en su cara.

Anna era como un diamante en medio de un barrizal. Refulgía intensamente con la melena rubia, y los chispeantes ojos azules. Estaba muy guapa, pero tenía un aspecto de guiri que tiraba para atrás. Era carne de carterista, con la mochila colgada a la espalda, y la costosa cámara de fotos en la mano.

—¿Dónde tienes el dinero?

—En mochila.

—Dámelo y lo guardo en mi bolsillo. Por aquí hay muchos ladrones.

—Oh…

Ella sacó una carterita de color rojo y se la tendió. Él se la guardó en el bolsillo delantero de los vaqueros.

—No necesitas la mochila ahora. La dejamos en el maletero. Y la cámara…

—Necesito cámara —le interrumpió—. Si roban es igual, compro otra. —Meneó la cabeza con obstinación.

—Vale, pero déjame que la lleve yo. Al menos hasta salir de esta zona.

Después de guardar la mochila en el coche, Tony le cogió la cámara.

—¿Es peligroso aquí? —preguntó ella.

—Un poco.

—Está emocionante.

Él tiró levemente de un mechón de su pelo.

—Estás loca.

Ella rio bajito y le abrazó.

Callejearon hasta atravesar la plaza de Chueca, cogidos de la mano. Recibieron miradas curiosas de algunos tipos que se sentaban en la acera o se apoyaban contra la pared. De día, la zona no era tan terrible, pero de noche se convertía en el paraíso de los camellos y los yonquis. Aunque se encontraba casi en el centro de la ciudad, era un barrio pobre y marginal. Tony había vivido por allí durante unos cuatro meses y se había librado por los pelos de que le metieran un navajazo. Era un lugar donde la policía no se atrevía a entrar.

No dejó que Anna se detuviera y pronto alcanzaron la Gran Vía.

Faltaban unas cuatro horas para que el Sacrilegio abriera, así que tenían tiempo de sobra para pasear y ver un poquito de ese Madrid que tanto estaba fascinando a Anna.

Subieron hasta Callao y contemplaron el cartel de Schweppes, a esas horas todavía apagado. Luego bajaron hasta llegar a la Plaza de España. Ella se detenía constantemente y sacaba fotos; Tony sabía que también se las hacía a él cuando no miraba, así que ponía poses interesantes de vez en cuando o sacaba bíceps para que ella riera. Continuaron por la calle Bailén para ver el Palacio Real y la Catedral de la Almudena y se entretuvieron un buen rato. A Anna se le acabó el carrete de fotos y tuvieron que buscar una tienda para comprar dos más. Ella estaba eufórica y sonreía todo el tiempo. De vez en cuando, se giraba y le besaba, o le echaba los brazos al cuello y le daba las gracias.

Él disfrutaba con su entusiasmo. Solo verla feliz era alimento para su alma. Se sentía pleno y lleno de vida, porque ella estaba a su lado. Era una lástima que no tuviesen mucho tiempo; podría haberle enseñado mil sitios más.

Fueron a la Plaza Mayor, que rodearon y cruzaron entera, a petición de ella que se mostraba cautivada con todas las fachadas y arcos. Luego siguieron caminando hasta la mítica Puerta del Sol y ella se detuvo sobre la placa del Kilómetro Cero, feliz como una niña pequeña. También le pidió que la fotografiara junto a El Oso y el Madroño. Había gente esperando para hacer lo mismo, pero consiguieron hacer la foto.

El sol había comenzado a ponerse y la temperatura había descendido algunos grados, lo que hacía el paseo mucho más agradable.

Tony la llevó a una famosa taberna que él conocía, a unas calles de allí. Formaba parte del Madrid de toda la vida, del Madrid más castizo. Pese a que el lugar se llamaba La Alicantina, todo el mundo lo conocía como La Casa del Abuelo, y estaba lleno. Lograron hacerse un hueco al fondo. La especialidad de la casa eran las gambas, regadas por un vino dulce que fabricaban ellos mismos. Pidieron una ración de gambas a la plancha y otra al ajillo y disfrutaron de la comida mientras hablaban de muchas cosas.

Cuando salieron, ya era noche cerrada y los letreros de los bares y restaurantes estaban iluminados. Decidieron regresar a la Gran Vía para ver las letras de Schweppes encendidas.

Fue cuando descubrió que no se decía *Sueps*, sino *Eshvepes* o algo así de horrible.

Mientras ella hacía fotos, la contemplaba con adoración. Era consciente de que debía de tener cara de imbécil enamorado, pero le importaba un carajo porque era la pura verdad. Y quería confesárselo. Gritarlo a los cuatro vientos.

—Tony —le llamó ella—, hoy es día muy especial. Gracias por traer. Madrid es puta madre.

Él soltó una pequeña risa y la abrazó.

—El día es especial porque estamos juntos, nena.

—¿Nena? ¿Yo puedo llamar nene?

—Bueno, prefiero que me llames amor.

Ella se quedó silenciosa.

—Lo pensaré. ¿Dónde vamos? ¿Tu casa?

—Casi —repuso él.

Podría decirse que sí. Pasaba más horas en el Sacrilegio —ya fuera currando o como cliente—, que en el piso de Carabanchel. Allí se encontraba más a gusto que en su casa.

Se pusieron en camino, pero esquivaron la zona de Chueca, a esa hora territorio sin ley, y poco después estaban ante la puerta de su lugar de trabajo habitual. Las letras de hierro pintadas de negro sobre la pared blanca se veían bien, pese a la falta de iluminación del exterior.

—Sacrilegio —leyó Anna. Se dio la vuelta hacia él con los ojos muy abiertos—. Tú pinchas aquí.

—Sí.

—Este sitio importante para ti y tú traes —dijo ella y le besó con fuerza en la boca. Luego se apartó y tiró de su mano—. Vamos, quiero ver.

Descendieron juntos la escalera de piedra. El lugar estaba situado en un semisótano. La puerta de doble hoja era de madera negra y Tony la abrió. Instantáneamente, llegaron hasta él los acordes de *Just like Heaven* de The Cure, y el olor a cigarrillos, alcohol y mariguana. El de siempre.

El local tenía los techos abovedados y las paredes de ladrillo sin encalar. La larga barra estaba a la izquierda y a la derecha había repisas de madera en la pared frente a las que se erguían unos cuantos taburetes. La decoración era muy simple. De los muros colgaban fundas de vinilos antiguos, la mayoría de los años setenta y principios de los ochenta. Al fondo, estaba la cabina del pincha.

Era pronto y no había mucha gente, así que cuando accedieron al interior, el dueño, que estaba sentado en la barra, los vio al instante.

—¡Tony! —le llamó, alzando un brazo.

Se acercó sin soltar la mano de Anna. Mario Fuentes era una institución en el barrio. Debía de rondar los sesenta años, o cuarenta mal llevados. Nadie lo sabía. Siempre andaba con un cigarrillo en la boca y un cubata en la mano.

—¿Qué pasa, macho? Pensábamos que ya no venías. —Le palmeó el hombro.

—Hemos estado dando una vuelta por la zona. Le he estado enseñando a Anna la ciudad.

—¿Esta dulzura es Anna? —La examinó con admiración de arriba abajo—. Ay, qué suerte tienes, cabrón. Ojalá pudiera ser joven de nuevo. Hola, bombón. Soy Mario. No te fíes de lo que te diga este que es muy ligón.

Ella no dijo nada, solo le sonrió y le dio dos besos.

Abel, el camarero, se acercó desde el otro extremo de la barra. Era un tío alto y demacrado con pinta de no haber comido en años. Llevaba el pelo largo recogido en una coleta.

—Pedazo de cabrón, pero si estás moreno y todo. —Hizo una pausa para pegarle un buen repaso a Anna—. Y encima te has traído a una tía impresionante. Es todavía más guapa de lo que decías. Todos los tontos tienen suerte.

Tony rio. Conocía a Abel desde hacía tiempo y se llevaban bien.

—Anna, este es el gilipollas de Abel. No le hables mucho porque casi no entiende el español. Tiene cerebro de mono.

Abel se carcajeó y se inclinó sobre la barra para darle dos besos.

—¿Qué vas a tomar? —le preguntó, mientras que a él le ignoraba.

Tony rio y se volvió hacia ella.

—¿Te parece bien una cerveza?

Anna asintió. Semejaba estar un poco abrumada por la situación y miraba hacia todas partes como queriendo empaparse del ambiente.

—Dos cervezas, entonces.

Unos tipos que conocía se acercaron a saludarle. Uno de ellos estaba fumando un porro y el aroma dulzón los envolvió. No se entretuvo demasiado con ellos y cuando Abel les sirvió las cervezas, condujo a Anna hasta el fondo, abriéndose paso entre algunas chicas que bailaban.

El Sacrilegio era una mezcla entre bar y pub. No tenía una pista para bailar, pero la gente se las apañaba para hacerlo en cualquier hueco.

El pincha se llamaba Miguel y le saludó con la mano al percatarse de su presencia. Luego se quedó embobado mirándole las piernas a Anna. Tony rio para sus adentros. Era muy consciente del efecto que causaba ella entre los integrantes del sexo masculino. A él le había pasado lo mismo nada más verla por primera vez.

Se instalaron en dos taburetes altos junto a la pared, cerca de la cabina de música.

—Tus amigos saben que vienes.

—Sí.

—¿Hablas de mí a ellos?

—Claro. Tengo que presumir de novia.

—¿Tú y yo novios? —Elevó ambas cejas.

—No estamos casados todavía, así que solo novios —dijo con una risita burlona.

Ella resopló y le dio un trago a su cerveza.

—¿Qué piensas del sitio? —le preguntó él.

—Oscuro.

Se echó a reír.

—¿Sabes por qué estamos aquí?

Ella negó mientras volvía a beber.

Él se acercó mucho hasta que sintió el calor del femenino rostro contra su mejilla.

—Quiero pinchar para ti —musitó, y depositó un beso en el lóbulo de su oreja.

Ella le empujó de los hombros y le escrutó con intensidad, conmovida, en apariencia.

—Es un gran regalo. Quizá mejor regalo que tengo.

El desconcierto le invadió y se le estrechó la garganta. Se sentía tan dichoso que solo deseaba poder devolverle un poco de esa dicha. No tenía mucho que ofrecer, solo la música. Por eso estaban allí. Iba a confesarle todo lo que sentía por ella.

Anna le repasó el labio inferior con el pulgar. Parecía a punto de decir algo muy importante y a él se le paró el corazón.

—Hola, hijoputa.

Miguel se plantó a su lado, rompiendo toda la magia.

Tony nunca había odiado tanto a alguien en su vida.

—Hola, mamonazo.

—Ahí tienes la cabina —dijo y le dio un medio abrazo—. Es toda tuya. Cuando te canses me avisas.

—Se giró hacia ella con una sonrisa—. Tú debes de ser Anna, la chica de este idiota. Encantado.

Intercambiaron dos besos.

Acto seguido, el pincha se fue. Y Tony miró a Anna indeciso. No quería dejarla sola. Quizá…

—Vete —le animó ella—. Vete y pincha para mí.

La besó y se dio media vuelta para dirigirse hacia la cabina. Ya tenía en la cabeza cuál iba a ser el repertorio de esa noche; quizá no les gustara mucho a los clientes asiduos, pero le importaba más bien nada.

Empezó con *When I see you smile* de Bad English. Y solo la sonrisa enorme que Anna le regaló le dijo que cualquier canción que le dedicase merecería la pena. Continuó con *I'll be there for you* de Bon Jovi.

Ella se bajó del taburete y se acercó a la cabina. Comenzó a bailar con lentitud, siguiendo el ritmo. Sus ojos se entrelazaron y él trató de no perderse y concentrarse en los platos, algo complicado cuando Anna le miraba de ese modo.

Siguió con Aerosmith y su *Angel*.

No sabía si estaba consiguiendo que Anna comprendiese lo que le decía con esas canciones. Le estaba confesando sus sentimientos. Le estaba diciendo que era la mujer perfecta para él. Que no quería separarse de ella. Que quería que estuvieran juntos para siempre.

Desde su posición elevada vio que Mario se acercaba a ella y le comentaba algo. La respuesta debió de ser épica porque la expresión de la cara del dueño fue de asombro absoluto, incluso se le desencajó la mandíbula, pero terminó por reír, agarrándose la prominente tripa, antes de regresar a la barra.

¿Qué narices le habría dicho?

Por el rabillo del ojo, vio que Abel y Miguel le señalaban y se reían. Abel empezó a lanzarle besitos y a fingir un rápido pestañeo. Vaya par de imbéciles. Los ignoró y sus ojos regresaron a Anna, que continuaba bailando. Estaba tan sexi que estuvo a punto de empalmarse.

¡Dios, qué belleza!

El local comenzaba a llenarse cada vez más, y Mario se metió tras la barra para echarle un cable a Abel.

Había todavía muchas canciones que Tony deseaba pinchar para ella, pero cuando vio que dos gilipollas se acercaban demasiado y empezaban a mirarla con ojos de cordero degollado, decidió poner la última y acabar la sesión. Eligió *It must be love* de Madness. Le hizo un gesto a Miguel, que no tardó en llegar a relevarle.

—¿Puedo poner ya música normal? —le preguntó este de broma.

—No. Pon algo pausado que quiero bailar agarradito, anda. —Le dijo con complicidad.

Abandonó la cabina y se dirigió a Anna, que le recibió sonriente.

Se fundieron en un beso tierno que espantó a los dos tipos que trataban de acercarse desde hacía unos minutos.

—¿Qué tal? —le preguntó él.

—Perfecto.

—¿Lo tienes claro?

Frunció la nariz, confusa.

—No entiendo.

—¿Tienes claro lo que siento por ti?

El corazón le iba muy deprisa y sentía que la piel le ardía. Pese a que la gente los rodeaba, tenía la tonta impresión de que no había nadie más cerca.

—Yo sé ya —contestó ella con tono directo.

Miguel aprovechó ese momento para poner una canción romántica, tal y como le había pedido. Era *Take my breath away* de Berlin. Tony giró la cara hacia la cabina y le dio las gracias con un gesto.

—¿Pagas a pincha para esta canción? —le preguntó ella con ironía.

—Me sale gratis porque somos amigos.

Ambos se abrazaron y se dejaron llevar por la música, moviéndose al unísono. Él cerró los ojos y apoyó la frente en la de ella. Iba a decirle lo que nunca le había dicho a nadie. Abrió la boca para pronunciar las palabras que llevaba tiempo guardándose dentro…

—Tony, yo… te quiero.

La voz ronca de ella le dejó descolocado.

—Mierda —farfulló.

Le miró consternada.

—Yo te quiero y tú dices mierda. Eso no esperaba.

Él se rio y bajó la cabeza hasta apoyar la frente en su hombro.

—Perdona. Iba a decírtelo yo primero y te has adelantado.

—Tú ya dices con canciones. Muy romántico. Muy dulce.

Sintió que se ponía un poco colorado y que una desacostumbrada timidez le sobrevenía.

—Eh… ¿Te ha gustado? —carraspeó.

—Muchísimo.

La abrazó y siguieron bailando. A decir verdad, no se movían del sitio, solo se mecían.

De pronto, recordó la curiosa reacción de Mario al hablar con ella.

—¿De qué hablabas antes con Mario?

—Bromea conmigo y dice que tú tienes colita pequeña. Polla —se corrigió.

¡Menudo cabronazo! Luego le diría cuatro cosas.

—¿Qué le has dicho?

—Que yo no sé porque estoy virgen.

Tony se echó a reír. Ahora entendía la cara de estupefacción de su jefe. Le estaba bien empleado por capullo.

Anna era fantástica.

Después de eso, bebieron algunas cervezas más, bailaron y hablaron. También rieron mucho. Y cuando la gente empezó a abandonar el local, ellos siguieron allí, en su pequeña burbuja, disfrutando de la música.

Eran ya las cinco de la mañana cuando Miguel puso la última canción.

Era *99 Luftballons* de Nena.

Era obvio que lo hizo en honor a Anna porque eligió la versión en alemán.

—¡Oh! —exclamó esta—. ¡Me encanta!

Se bajó del taburete como un torbellino y comenzó a bailar y a cantar, en un Sacrilegio vacío, con las luces encendidas que mostraban todos los desperfectos del lugar que solían estar ocultos por la penumbra. Solo los cuatro hombres fueron testigos de ese arranque de vitalidad y de su vibrante forma de bailar. Saltaba sin mirar a nadie en particular, embebida solo en la canción, con la melena volando en todas direcciones y las largas piernas girando, hasta que llegó la última estrofa, que era lenta, y se acercó a él para cantarla a escasos centímetros de su boca. Las últimas notas bajaron de intensidad y llegó el silencio.

Tony estaba completamente abducido. Iba a besarla, pero unos fuertes aplausos le sacaron de su trance y tuvo que pestañear para ser consciente de dónde se encontraba.

—Límpiate —gritó Mario—, que se te cae la baba.

Resopló, pero era la pura realidad.

Anna dio las gracias a Miguel e hizo una reverencia a Mario y Abel sin modestia alguna.

Cuando se despidieron, Mario no quiso cobrarles las consumiciones. Hubo abrazos, apretones de manos y algunos piropos para Anna. Todavía era de noche y la temperatura había bajado unos grados. Las calles, a excepción de algunos chavales que buscaban el siguiente pub que no hubiese cerrado todavía, estaban desiertas.

Sin saber muy bien por qué, echaron a correr de la mano. Quizá para entrar en calor o porque estaban llenos de adrenalina. Se rieron en voz baja cuando alcanzaron el vehículo.

—¿Tienes frío?

—Un poco —admitió ella.

—¿Has traído un pantalón largo?

—Tengo en mochila.

—Puedes cambiarte en el coche. Yo tengo una chupa vaquera que puedo dejarte.

—¿Chupa?

Su cara mostraba una expresión tan singular que Tony contuvo la risa.

—Es una cazadora.

—Oh.

Cogieron las mochilas del maletero y entraron al coche. Mientras Anna se pasaba al asiento de atrás para quitarse los vaqueros cortos y cambiarlos por unas mallas negras, él no pudo dejar de mirarla por el espejo retrovisor. Sus kilométricas y morenas piernas acababan en unas braguitas de color blanco.

Tenía tantas ganas de ella que le dolía el estómago.

Al mismo tiempo, notaba que la tristeza se le iba expandiendo por el cuerpo.

La quería.

Y ella le quería a él.

¿Qué iban a hacer ahora?

—Estoy. —Ella regresó a su asiento y le dio un beso breve en la mejilla antes de acomodarse—. ¿Vamos tu casa?

Tony meneó la cabeza.

—Vamos a empalmar.

—¿Empalmar?

—Sí, es cuando no se duerme en toda la noche, entonces un día se junta con el otro.

—Creo que no hay palabra en alemán. —Hizo una pausa y le miró—. Pero si no dormimos, es peligroso ir a Benidorm. Tú muy cansado.

—¿Sabes conducir?

—Sí.

—Pues conducimos los dos.

—Bien.

—¿Qué tal conduces?

Ella entrecerró los ojos como si la pregunta fuera ofensiva.

—Soy Niki Lauda.

Tony rio. Lauda era un famoso corredor austriaco de Fórmula 1, ya retirado.

—Perfecto, Niki.

Puso el coche en marcha y se internó de nuevo en las callejuelas del centro. No vieron a nadie, solo se cruzaron con el camión de la basura cuando atravesaban la Gran Vía.

—¿Dónde vamos? —preguntó ella.

—Es secreto.

—Pfff... —rezongó y se removió inquieta en el asiento, sin poder controlar la impaciencia.

Tony sonrió.

Aquel día tan perfecto y maravilloso solo podía terminar de una manera: siendo todavía más perfecto y maravilloso.

Cuando entraron en la estrecha calle de Bordadores, el empedrado de la calzada hizo temblar tanto al Seat, que parecía que fuera a desmontarse en pedazos, pero pronto llegaron a su destino. Tony aparcó frente a la parroquia de San Ginés. Luego rebuscó en su mochila y sacó la cazadora vaquera.

—Vamos —dijo y le tendió la prenda.

Ella se mostró desconcertada, pero le siguió. Se puso la chaqueta, que le quedaba algo grande, y miró alrededor. Era noche cerrada y solo dos farolas iluminaban la desierta calle.

Él la condujo hasta la esquina. La rodearon. Al fondo del pequeño callejón, la famosa chocolatería de San Ginés apareció ante sus ojos.

—¿Chocolate? —preguntó ella asombrada.

—Sí. Vamos a tomar chocolate con churros.

Entraron en el establecimiento de suelos claros y paredes verdes con espejos, que nunca cerraba. Las mesas de mármol blanco y pies de hierro eran las de siempre. Tony hacía tiempo que no iba por allí, pero durante unos años de su vida, en la época en la que salía por el centro, ese había sido el lugar en el que terminaba de madrugada, antes de largarse a casa a dormir.

Solo una de las mesas estaba ocupada por un grupo de chavales trasnochadores un poco bulliciosos. Ellos se sentaron en una más alejada.

Pidieron chocolate y una docena de churros. Anna estaba muy contenta. Era su primera vez tomando un chocolate tan espeso, confesó. Y los *churos*, como ella los llamaba, le encantaron.

Tony la contemplaba con expresión risueña. No era la misma chica que había conocido hacía un par de meses. La chica que tenía delante no paraba de sonreír.

—¿Por qué no llevas tu casa? —preguntó ella.

—Porque mi casa es un agujero —admitió—. No es un sitio para ti.

—Tu casa macarra y yo pija —dijo con toda naturalidad antes de llevarse la taza de chocolate a la boca.

—Algo así. —No quería hablar del tema, así que lo cambió—. Hay otro sitio donde quiero llevarte antes de volver a Benidorm.

Ella extendió la mano por encima de la mesa y entrelazó los dedos con los suyos. Le contempló con intensidad y cara de confidencias.

—Dime —ronroneó él.

—¿Puedo comer tu último *churo*?

Él abrió la boca y terminó riéndose entre dientes. Luego le tendió el plato.

Cuando abandonaron la chocolatería, ella iba protestando porque decía que había comido demasiado. Y él se burló comentándole que parecía embarazada de cinco meses.

El reloj del salpicadero marcaba las siete menos cuarto de la mañana cuando se acomodaron dentro del coche. Todavía tenían tiempo de sobra para llegar al lugar al que quería llevarla. En septiembre amanecía cerca de las siete y media o incluso más tarde.

Ella se recostó en el asiento y cerró los ojos mientras él arrancaba y se adentraba de nuevo en las calles oscuras del viejo Madrid. La miró de soslayo antes de poner la radio a un volumen muy bajito por si acaso ella dormía.

Pese a ser muy temprano, la capital comenzaba a despertar. Era lunes, once de septiembre, y las vacaciones habían terminado para casi todos los habitantes de la gran urbe. Los madrileños más madrugadores se ponían en marcha para dirigirse a su puesto de trabajo. Aun así, Tony no encontró mucho tráfico en el camino hacia el sur, hacia el Puente de Vallecas.

Solo había estado una vez allí, hacía un año y medio, poco después de que inauguraran el parque del Cerro del Tío Pío y el mirador, desde el que se podían contemplar las mejores vistas de Madrid. Y quería que ella viera la ciudad al amanecer.

Era el último regalo que podía hacerle.

Aparcó sin dificultad en la misma calle que llevaba al cerro y se inclinó sobre ella.

Anna abrió los ojos.

—¿Vas a dar beso?

—¿No dormías?

—No. Escuchaba. Tú cantas un poco. Tu voz es especial.

La besó, con el corazón henchido de la felicidad más absoluta. Sabía a chocolate.

—Vamos.

Bajaron del coche y echaron a andar. Solo una farola iluminaba precariamente el camino, pero cuando ascendieron la pendiente de hierba ya no había más luces. Notó que ella se estremecía pese a llevar la cazadora, y la abrazó.

—¿No estás frío?

Él negó. Solo llevaba la camiseta de manga corta, pero estaba genial. Quizá era la sensación de estar junto a ella, porque se notaba eufórico, acalorado incluso.

—Este es el Cerro del Tío Pío, pero la gente lo llama Las Siete Tetas.

—¿Tetas?

No había mucha luz para distinguir sus facciones, pero su tono era de perplejidad.

—Son siete colinas con forma de teta —se rio él.

Cuando tomaron asiento en uno de los cerros, la ciudad oscura y llena de puntitos de luz se desplegó a sus pies. El cielo mostraba un color azul apagado, un poco más claro que las nubes que destacaban en él.

Tony encendió un cigarrillo y lo compartieron, fumando en silencio.

—Es lugar muy bonito.

—Pues espera a ver el amanecer.

Se dieron la mano y aguardaron juntos.

Una claridad en tonos malvas y violetas comenzó a reflejarse en las nubes. Pronto, una tonalidad anaranjada la acompañó. Según transcurrían los minutos, los edificios se vistieron de varios colores. Y el amarillo despuntó por la derecha, haciendo que la hierba sobre la que estaban sentados brillase. Su resplandor se reflejó en algunas ventanas, cegándolos brevemente. Tintes azules se apoderaron del cielo mientras las esponjosas nubes no dejaban escapar los matices ambarinos.

Era un espectáculo digno de ver.

—Es mejor día de mi vida —musitó ella.

La miró. La brisa le acariciaba el pelo y su rostro resplandecía como el oro.

Se enamoró de ella cien veces más.

—Anna, no quiero que te vayas —le confesó en voz baja—. No quiero separarme de ti.

Sabía que pedía mucho. Y que no estaba siendo justo, mas no pudo evitar pronunciar esa frase.

Ella le miró con los ojos acuosos. Estaba seria y muy silenciosa. Bajó los párpados y una lágrima rodó por su mejilla.

Él la abrazó.

Capítulo Doce

Anna

Era la tercera lágrima que caía sobre la ropa que tenía extendida en la cama. Se limpió la mejilla con furia. Ella no solía llorar y ahora no podía dejar de hacerlo. Jamás había sentido una tristeza semejante.

Era la última noche con Tony.

La mente de Anna se empeñaba en contar las horas que faltaban para la despedida.

Y cada vez que pensaba en ello, se rompía por dentro.

Habían transcurrido tres días desde el viaje a Madrid. Ya el camino de regreso a Benidorm fue extraño. Ambos se habían sumido en el silencio y ni siquiera la radio y las canciones que conocían consiguieron penetrar en esa nube de melancolía que los envolvía. De vez en cuando se sonreían, pero había una pátina de angustia en los ojos de los dos.

No habían vuelto a sacar el tema que Tony comenzó en aquel cerro de Madrid, pero ella no se lo podía quitar de la cabeza. Cada vez que se abrazaban y se iban juntos a la cama, la desesperación era su guía. Se besaban como si fuera el último beso, se acariciaban como si fuera la última caricia y se miraban como si fuera la última mirada.

—Anna.

La voz de Silke la sobresaltó. Se dio la vuelta y miró a su amiga. Se había arreglado para salir, con un vestido ajustado cortito de color verde y unas sandalias negras de tacón.

—Tienes los ojos rojos. Has llorado.

—Sí —suspiró—. Parece que no puedo reprimirme.

Silke entró en la habitación y comenzó a doblar las prendas que Anna había sacado del armario. Tenía la maleta abierta en el suelo y fue metiendo allí la ropa.

—¿Tú ya has hecho la maleta?

—Sí.

Durante unos minutos, se emplearon en guardarlo todo sin hablar.

A Anna le vino bien que Silke estuviera con ella, así, al menos, no rompería a llorar cada treinta segundos.

—¿Has tomado una decisión? —preguntó su amiga al cabo de un rato, sentándose en el borde de la cama.

—He tomado quinientas mil decisiones —dijo con tono cansado—. Solo que no sé cómo llevar a cabo ninguna.

—A lo mejor deberíais daros un tiempo. Quizá desde la distancia lo veáis todo más claro y vuestros sentimientos no sobrevivan. No sé. Tampoco me hagas mucho caso, ya sabes lo mal que se me dan a mí estos temas.

Anna se dejó caer a su lado en la cama. Ella misma ya lo había pensado. Quizá la separación pusiera las cosas en su sitio. A lo mejor dolía al principio, pero las heridas sanarían con el tiempo y lo suyo con Tony sería el típico amor de verano. Y solo eso.

Mas una vocecita interna le decía que aquello no sería así.

—Quizá tengas razón —suspiró, desanimada.

—O no. A lo mejor estáis destinados a estar juntos. En realidad, uno nunca sabe por dónde le va a llevar la vida. Todo depende del riesgo que se quiera correr. —Silke se puso de pie y comenzó a andar por la habitación—. Yo nunca te había visto así. Eres feliz y has cambiado. Te ríes mucho y te brillan los ojos. España te sienta bien. Tony te sienta bien.

—Lo sé —admitió—. Pero en Alemania tengo mi futuro, mi carrera, mi familia, mis amigos, todo… No sé qué podría hacer aquí en España. Estos meses han sido geniales porque estábamos de vacaciones. Pero la vida es otra cosa.

—No sé, Anna. Somos muy jóvenes. Siempre puedes intentarlo, y si sale mal, empezar de cero otra vez. Tienes el respaldo económico de tus padres.

—Eso es lo que no quiero —dijo con sequedad—. No quiero que mis padres me mantengan. Si hago esto, tengo que hacerlo sola.

Tony era una persona que, a pesar de sus dificultades económicas, había sabido salir adelante sin ayuda de nadie. Si quería estar con él, no podía ser una niña cuyos padres le pagasen todo. Si iban a estar juntos, sería en las mismas condiciones. Eso lo tenía claro.

El timbre del portero automático rompió la tranquilidad.

—Abro y luego me voy —dijo Silke—. He quedado con Sven, pero volveré a dormir.

Anna se miró el reloj de pulsera. Eran las once de la noche. Sabía que Tony había tenido que pedir otro favor para poder salir antes del trabajo. Él pobre debía horas a todos sus compañeros.

Se apresuró a ir al baño y echarse un vistazo en el espejo. Se notaba que había llorado porque tenía los bordes de los ojos enrojecidos. Abrió el grifo del agua fría y se refrescó, pero no tuvo mucho éxito. Se alisó la falda del vestido y salió al pasillo. Silke estaba allí, esperándola. Le dio un abrazo y un beso, y se fue, dejando la puerta abierta.

Solo habían pasado treinta segundos cuando Tony hizo su aparición. Llevaba los vaqueros azules, una camiseta blanca y las eternas zapatillas negras. También cargaba con una mochila al hombro. El pelo le había crecido tanto que tenía un aspecto desaliñado. A ella le encantaba porque podía hundir los dedos en los mechones y juguetear con ellos.

—Madre mía —dijo él, deteniéndose de golpe—. Te has puesto el vestido blanco de la primera noche que te vi. ¿Qué pretendes? ¿Que me enamore más de ti?

Anna no lo había elegido a propósito. Quizá su subconsciente hubiese decidido por ella.

Él cerró la puerta y se acercó. Estaba muy serio. Alzó la mano y le acunó la mejilla.

—Has llorado.

—Sí.

—Ay, Anna… No quiero verte triste. —Sus oscuros ojos se clavaron en los de ella.

—Tú también eres triste.

—Sí —musitó—. Mucho.

Se abrazaron.

Era tan reconfortante sentir el cuerpo duro contra el suyo.

Fue Tony el primero en apartarse, carraspeando.

—Te he traído un regalo.

Le miró con sorpresa. Un pellizquito de culpa se instaló en su interior porque no había pensado en comprarle nada. Solo tenía la cinta con sus canciones favoritas que quería que él conservase.

—Yo no compro nada.

—Tú ya me has dado mucho, nena. No tienes ni puta idea de cuánto.

A Anna le gustaba que él tuviera la confianza de hablarle con palabras groseras. Cuando estuvieron en Madrid, descubrió que era el modo en que se comunicaba con sus amigos. Ella quería pertenecer a ese círculo. Quería que le hablara de esa forma y que no fuera cortés en exceso.

—¿Quieres cerveza? —le ofreció—. Salimos terraza y tomamos.

—Perfecto. Dejo la mochila en el dormitorio y voy.

Anna fue a la cocina y sacó dos latas del frigorífico. Cogió también una bolsa de patatas. Luego se encaminó a la terraza y encendió el farol que había sobre la puerta corredera. Dejó las cosas en la mesa y tomó asiento en el banco de forja adornado con cojines que había pegado a la pared.

Tony llegó poco después. Se había quitado los vaqueros y llevaba puestos unos pantalones de deporte cortos. Iba descalzo y tenía una bolsita blanca en la mano.

—Es tu regalo —le dijo, al tiempo que se sentaba a su lado y le tendía el paquete.

Anna lo cogió y sacó una cajita de terciopelo rojo de la bolsa. Estaba claro que era algún tipo de joya y el corazón le latió un poquito más deprisa. Abrió la tapa, expectante. Sobre la tela negra del interior se mostraban unos pendientes plateados. Eran unos aretes con adornos de filigranas muy originales.

—Hubiera preferido que fuesen de oro, pero no me llegaba la pasta...

Ella le calló arrojándose en sus brazos.

—¡Ay, Tony, son perfectos! —exclamó muy dichosa—. No sé qué pasta hablas, pero me gusta mucho.

—La pasta es el dinero. Y son para disimular tus orejas salidas —continuó él con tono un poco burlón.

Ella rio entre dientes.

—Es un regalo tan bueno. Pongo ahora mismo. Ayuda.

Le tendió la cajita. Él tomó los aros y, con un cuidado infinito, se los puso. Luego le colocó el pelo detrás de las orejas y la observó complacido.

—Estás increíble —la elogió.

De pronto, ella tuvo una idea.

—¡Espera!

Se levantó corriendo y se fue al dormitorio. Rebuscó en el joyero de viaje hasta que encontró lo que buscaba. Luego regresó junto a él.

—Yo tengo un pendiente para ti —dijo mientras extendía la palma de la mano y le mostraba el arito.

—Ostras, pero es de oro y seguro que te ha costado una fortuna. Y si me lo das, rompes la pareja…

—Calla. No protesta.

Tony refunfuñó.

—Eres muy mandona.

Le ignoró y se sentó a horcajadas sobre su regazo. Esa noche, él no llevaba ningún pendiente y su agujero estaba libre. Le puso el aro y se apartó para admirar cómo quedaba en su oreja. Era pequeño y discreto.

—Es muy bien para ti.

—Gracias.

—Ahora yo llevo tu regalo y tú mío. —Le abrazó.

Sentía que encajaba perfectamente en sus brazos. Sus caderas se acoplaban a las de él y el hueco de su cuello era ideal para que ella apoyara la cabeza.

Además, sus respiraciones marchaban al unísono de manera que sus torsos se movían a la par.

Se sentía como una privilegiada.

Se mantuvieron así un rato, hasta que ella se irguió y alargó las manos para coger las latas de cerveza. Le tendió una e intentó bajarse de su regazo.

—No. Quédate —le pidió él.

—Pero no ves el mar. Estoy delante.

—El mar me importa un carajo. Prefiero verte a ti. Tú eres mejor que cien océanos juntos.

El corazón le dio un saltito.

—Eres romántico.

—Muchísimo. Espera… —Se quedó pensativo—. Tus ojos azules brillan como los faros de un coche. Tu pelo rubio parece paja. Y tus labios gruesos son como salchichas de Frankfurt —concluyó con gracia.

Ella se echó a reír. Adoraba sus tonterías.

—Pero yo quiero ver mar contigo y abrazados.

—Si me lo pides así… —A regañadientes, la soltó.

Ella se sentó junto a él y se acurrucó contra su costado.

Bebieron tranquilamente y fumaron un cigarrillo compartido mientras disfrutaban de la quietud que se respiraba en el ambiente. Las aguas negras del mar Mediterráneo se balanceaban en la distancia.

—Nunca he conocido a nadie como tú —comenzó él en voz muy baja—. Desde el primer día sentí que había algo único entre nosotros. Al principio, pensé que solo era atracción sexual, pero rápidamente me convencí de que había mucho más. Contigo puedo hablar de cualquier cosa, tú me escuchas y, aunque no compartas mi opinión, intentas entenderme. Y veo cómo me miras y creo que nunca me habían mirado así, Anna. Me miras con admiración, como si yo fuera alguien grande e importante. —Hizo una pausa y le dio una larga calada al cigarro—. Anna, nunca he sido importante para nadie. Ni siquiera para mí mismo. Soy un tipo bastante mediocre, que no se ha molestado en estudiar o en aprender nada. Me he limitado a sobrevivir… —suspiró—. Y de pronto llegas tú con tu forma de ser tan sincera y abierta, y tu modo de comportarte conmigo, y me haces sentir como si fuera un gigante, como si pudiese conseguir cualquier cosa que me propusiera. Me veo a través de tus ojos y veo a un hombre genial, que tiene sueños, que piensa en sentar la cabeza y en tener una familia… —Soltó una risa ligera—. Antes de conocerte no esperaba demasiado de la vida. Ahora lo quiero todo, Anna.

Ella le escuchó muy silenciosa. No había entendido todas las palabras, pero sí el mensaje y la carga de sentimientos. Y estaba atónita.

Siempre le había mirado con admiración porque le parecía formidable. Porque pensaba que era valiente e independiente y la persona más optimista del mundo. Había conseguido que ella fuera feliz y riese. Él no tenía ni idea de lo gris que era su vida en Alemania. De lo gris que era ella misma. Tony había conseguido borrar esos tonos opacos que la caracterizaban y convertirla en una paleta de infinitas tonalidades. ¿Acaso no se daba cuenta de lo poderoso que era?

Alguien que podía teñir una vida de color era una persona excepcional, sin duda. ¿Cómo era posible que dudase de su propia importancia?

Entrelazó los dedos con los suyos. Estaba a punto de echarse a llorar.

—No puedo hablar bien como tú, pero digo mi pensamiento, Tony. Pienso eres grande y excepcional. Valiente. Antes de conocer, yo era más diferente, más oscura y no rio tanto. Y tú llegas y vienes con luz. Tú iluminas y yo no soy gris nunca más. Yo quiero estar contigo siempre porque eres hombre perfecto para mí y muy importante —se detuvo y gimió frustrada—. Mi español no suficiente para decir todo. Eres increíble, Tony. Yo quiero hogar contigo.

Le miró a los ojos y vio que brillaban por lágrimas no derramadas. Ella también notaba un velo de humedad cubriendo los suyos.

Él le pasó el brazo por encima de los hombros y la atrajo hacia su cuerpo.

—Puedo ir a Hamburgo —dijo con urgencia cerca de su oído—. Seguro que aprendo alemán rápido. Trabajaré de lo que sea.

—No imagino tú en Alemania. Tú eres sol y calor, y Alemania es frío y triste.

—Anna, yo puedo ser cualquier cosa si estoy contigo. —Le besó la sien.

—Creo que mejor yo vengo a España.

—Tú tienes allí tu vida y tus estudios.

Hubo una larga pausa, solo interrumpida por el sonido de las olas del mar a lo lejos.

—No vuelvo a universidad. Odio *Jura* —dijo al fin con mucha contundencia.

Ella no tenía madera de abogado y llevaba un tiempo dándole vueltas a dejar la carrera. Conocer a Tony fue solo el último empujoncito que necesitaba para hacerlo.

—¿Qué vas a hacer, entonces?

—No lo sé.

Él le giró la cara con la mano hasta que sus miradas se encontraron.

—Quédate y yo trabajaré para los dos —propuso en tono ronco—. Sé que estás acostumbrada a otro nivel de vida, pero haré lo imposible para que estés bien. Te lo prometo.

Ella le echó los brazos al cuello y apoyó la frente en su hombro para que él no viera que sus ojos habían perdido la batalla y las lágrimas brotaban de ellos.

—No. Si estamos juntos, trabajamos los dos. Somos iguales. Yo quiero vivir aquí, contigo, pero iguales.

Permanecieron abrazados un rato en silencio.

La mente de Anna trabajaba a toda velocidad. Quizá podía quedarse unos días más en España y tratar de buscar algún trabajo. Quizá podía llamar a sus padres para decirles que prorrogaba las vacaciones y pedirles más dinero…

No.

Se engañaba a sí misma.

Por mucho que le doliera separarse de Tony, ella no era ese tipo de persona. Tenía que enfrentarse a su familia cara a cara y comunicarles su decisión. Les diría que quería dejar la universidad y mudarse a España. Sabía que su madre la apoyaría. A lo mejor su padre era más reticente, pero tampoco la abandonaría. Sus padres la querían y contaba con el apoyo de Rudi. En Holger no quería ni pensar.

Como si Tony le hubiera leído el pensamiento, se apartó de ella. Estaba muy serio.

—Creo que lo mejor es que vuelvas a Hamburgo y hables con tu familia. Es una decisión muy importante, Anna. Es tu futuro.

Ella asintió. Era innegable que ambos pensaban lo mismo.

—Sí. Yo hablo con ellos. Y vuelvo pronto. Seguro puedo encontrar trabajo aquí, en hotel. Hablo cuatro idiomas.

—Seguro que sí. No lo dudo.

A la cabeza de Anna acudieron los amigos de Tony.

—¿Tú no quieres volver a Madrid?

Él tardó en responder. Frunció un poco el ceño, pensativo.

—Madrid siempre será mi casa, pero allí no puedo ganarme la vida. Aquí tengo un buen trabajo y me gusta la playa y el sol. Y creo que tú vas a ser más feliz aquí, en la costa. Benidorm no está mal. A Madrid puedo ir de visita.

—¿Y no pinchas más? ¿Y la música? —Sonaba ansiosa. Sabía lo mucho que Tony disfrutaba con eso.

—Bueno, siempre puedo comprarme un plato para pinchar en casa y volverte loca —dijo con humor—, y la música siempre va a estar conmigo. Tú serás mi música a partir de ahora.

—Oh, eres cursi.

—¿Quién te ha enseñado eso? —La miró con los ojos muy abiertos.

—Elena.

—Ufff… Recuérdame que te prohíba tener ese tipo de amigas.

Ella sonrió pese a que tenía un nudo en el pecho.

—Voy a echar mucho de menos. ¿Y si olvido tu cara? —preguntó, apenada.

—Es imposible porque soy un tipo muy atractivo y carismático, y te llevas muchas fotos.

Ella no pudo reprimir una sonrisa aun cuando tenía los ojos llorosos.

—¿Y los besos?

—Mis besos son únicos e inolvidables.

—¿Tu voz horrible cuando cantas?

Ahora fue él quien rio.

—Cada vez que quieras escucharla, me llamas y cantaré para ti.

—¿En La Calita con trabajo?

—Abandonaré a los clientes y te cantaré *Qué viva España* por teléfono.

Ella apretó los labios conteniendo una risa. Luego enterró la cara en su cuello y aspiró fuerte.

—No quiero olvidar tu olor.

—Cuando empieces a olvidarlo, yo iré a verte a Alemania para que puedas olerme.

—Eres un tonto, Tony.

—Soy muy tonto, Anna, pero no tan tonto como para dejar escapar a una chica como tú. Anda, bésame —le pidió en voz queda.

Ella le agarró la cara con ambas manos y se apropió de su boca.

Se besaron con pasión, a sabiendas de que era la última noche.

—¿Nos vamos a la cama? —susurró él—. Quiero hacerte el amor hasta que se apaguen las estrellas.

Cursi o no cursi, ella amaba que fuera así. Se le aceleró el corazón y notó que se ruborizaba.

—Vamos.

Capítulo Trece

Tony

Tenía la mandíbula tan apretada que empezaba a dolerle la cabeza, pero se negaba a dejar que Anna viera lo hecho polvo que estaba. Cada vez que se miraban, le regalaba una sonrisa. Ella tenía los ojos hinchados porque había llorado un poco esa mañana.

Él también lo había hecho. Había llorado, pero se había encerrado en el baño para que Anna no se diera cuenta. Había decidido ser el fuerte, el alegre y desenfadado para rebajar un poco la pena que ambos sentían. No podía caer en la melancolía.

Después de una noche llena de pasión y de confidencias, habían amanecido besándose con languidez, los cuerpos desnudos enredados en las sábanas, intentando apurar al máximo esas horas que les quedaban. Susurrándose promesas locas al oído, incapaces de dejar de tocarse, de estar cerca el uno del otro.

No habían pegado ojo en toda la noche.

Desayunaron con Silke, que los miraba con tristeza mientras ellos se limitaban a intercalar besos con tragos de café.

No tenían ya mucho que decirse porque lo habían hecho la noche anterior. Y las palabras no eran necesarias. Ambos sabían que las próximas semanas iban a ser duras, pero habían prometido llamarse y escribirse a menudo.

Después del desayuno, fueron al dormitorio a recoger las últimas cosas. Anna ya tenía las maletas preparadas y solo estaba revisando los cajones por si se había olvidado algo. Tony la seguía con los ojos. Se había puesto unas mallas negras y una camiseta larga azul con un cinturón ancho. Llevaba unas deportivas blancas. Y el pelo se lo había recogido en una coleta alta. De los lóbulos de sus orejas colgaban los aretes que él le había dado la noche anterior. Casi sin darse cuenta, se llevó la mano a su propia oreja y se tocó el pendiente que ella le había regalado. Tendría que quitárselo para ir a trabajar, pero el resto del tiempo lo llevaría, se prometió a sí mismo.

—Para ti —le dijo ella, acercándose y tendiéndole un paquetito envuelto en papel rojo.

—¿Qué es?

—Es la cinta con mi música.

Él la cogió sin decir palabra y la guardó en la mochila.

Hasta ellos llegó la voz de Silke desde el pasillo, diciendo algo que él no pudo entender.

—Son las diez y cuarto. Mejor esperar taxi abajo —le tradujo Anna.

Él asintió.

El taxi llegaría a las diez y media para llevarlas al aeropuerto, y Tony no entraba a trabajar hasta las once, así que podía estar junto a Anna hasta el último instante.

Cogió las maletas —eran unas modernas Samsonite con ruedas— y salió de la habitación. Silke los esperaba en el pasillo. Entre los tres lograron recopilar todo el equipaje: cuatro maletas y tres mochilas, y sacarlo del piso.

Silke cerró la puerta del apartamento y echó la llave. El sonido de esta en la cerradura fue peculiar. Tony sintió un curioso pinchazo en el pecho. Había pasado muchas horas en aquel piso con Anna y siempre tendría un significado muy especial.

El ascensor se detuvo en su planta y las puertas se abrieron.

En el trayecto de bajada los tres permanecieron muy callados. Parecían ser conscientes de que era la última vez que eso iba a suceder. Silke tenía cara de circunstancias y ellos dos miraban al frente, como si no se atreviesen a mirarse a los ojos, solo sus manos se rozaban casi imperceptiblemente.

El conserje, al verlos salir tan cargados, se acercó a echar una mano. Bajaron las escaleras y se pararon en la calle a esperar el taxi.

Hacía mucho calor y no corría ni una gota de aire.

Silke se alejó unos metros y pretendió mirar la playa, que a esa hora comenzaba a llenarse ya de gente. Era obvio que quería concederles privacidad.

La incomodidad sobrevoló por encima de ellos, algo muy inusual, porque su complicidad era palpable. Se encontraban de pie uno frente al otro y se habían agarrado de las manos. Él no podía dejar de recorrerle el rostro con los ojos. Iba de la frente a los pómulos, a la nariz pecosa, a la barbilla, a los ojos acuosos y a la boca. Y volvía a empezar. Necesitaba impregnarse esas facciones en su cerebro y guardárselas hasta que pudiesen volver a encontrarse. Quizá fuese dentro de un mes o más. Ninguno de los dos lo sabía y la incertidumbre era grande.

—Escribe todos los días —le pidió Anna con esa voz de mando tan suya en la que se deslizó un leve temblor. El azul de sus iris se había oscurecido.

—Lo haré. Y tú llámame cuando puedas. —Le rozó el mentón con los nudillos mientras volvía a rechinar los dientes para no perder los papeles.

Tony no tenía mucha experiencia en despedidas, pero jamás sospechó que el dolor pudiera ser tan hondo al decir adiós. Se había marchado de casa de sus padres muy pronto y no le había importado mucho. Había visto como algunos amigos sucumbían a las drogas, pero tampoco sufrió demasiado.

Sin embargo, ahora sentía una mano helada que se empeñaba en retorcerle el corazón y arrancárselo del pecho.

—No quiero irme —musitó ella.

La mano helada apretó tanto que su corazón se volvió del tamaño de un guisante y apenas pudo respirar.

—Y yo no quiero que te vayas.

Ella le abrazó y él la correspondió haciendo lo mismo y enterrando la nariz en su melena.

—Promete que no enamoras de otra chica.

—Y tú prométeme que no mirarás a ningún hombre. Ni los saludarás. Si alguno te habla, te marchas corriendo.

Ella se apartó y se mordió una sonrisa trémula.

—Te quiero mucho porque estás muy tonto y cursi.

—Yo te quiero mucho porque eres perfecta. Cuando volvamos a vernos, hablaré alemán tan bien como Helmut Kohl.

Anna rio abiertamente.

Se besaron. Se besaron con una pasión incontrolable, sin importarles demasiado que algunas personas les dirigieran miradas desdeñosas.

—Papá, mira esos chicos. Se están besando como en las películas. —La voz aguda de un niño pequeño resonó cerca de ellos.

—No mires, Manuel. Que eso está muy feo. Anda, vamos —respondió el que sin duda era su padre.

Cuando se separaron, Tony la miró con los ojos chispeantes.

—¿Cómo puede decir alguien que nuestro beso es feo?

—Ellos no saben nada —le dio ella la razón.

Estaba tan adorable que no pudo reprimirse y la cogió en volandas. Luego giró sobre sí mismo antes de depositarla de nuevo en el suelo.

—Ay, mi niña pija —dijo con emoción.

En ese momento, un taxi giró en la esquina y se dirigió hacia ellos.

La desesperación que Tony intentaba ocultar desde el día anterior, se abrió paso hacia el exterior y supo, sin lugar a dudas, que todo lo que sentía se reflejaba en sus ojos porque Anna le contempló con una mezcla de dolor y angustia.

—No olvides de mí —le pidió ella.

Él le acunó la llorosa cara entre las manos.

—Nunca. Nunca. Nunca —repuso con vehemencia.

La abrazó con apremio y se tragó sus propias lágrimas a duras penas.

El taxista se detuvo y, después de saludar y preguntar si eran los que habían reservado para el aeropuerto de Alicante, abrió el maletero y comenzó a meter las maletas dentro.

Tony se despidió de Silke con un abrazo y un beso. Luego se volvió hacia Anna.

—Te espero aquí. No me voy a ningún lado —le dijo y le acarició la mejilla empapada.

—Yo vuelvo, Tony. Prometo.

—Lo sé.

Después de eso, ella se montó en el taxi. Abrió la ventanilla, sacó la cabeza y le miró con intensidad. Cuando el vehículo se puso en marcha, agitó la mano.

Tony también alzó la mano.

—¡Te quiero! —gritó cuando el coche se alejaba.

Ella también dijo algo, pero ya no pudo oírlo, porque el vehículo dobló la esquina y desapareció.

Él permaneció en medio de la calle, con la mirada extraviada. Tenía la sensación de haber perdido algo. Era como si le hubieran vaciado de repente. Algunos turistas pasaban por su lado y tenían que esquivarle porque estaba inmóvil, como petrificado. El claxon de un coche le hizo reaccionar al fin y se apartó.

Mecánicamente, se sacó el paquete de tabaco del bolsillo y encendió un cigarrillo. Se dio cuenta de que le temblaban las manos al ver cómo la llama del mechero se agitaba.

Le dolía el pecho. Le dolía tanto que se sentía al borde del colapso.

—Vale, Tony. Respira. Tú puedes.

Estaba rodeado de gente, de risas y gritos de niños, de conversaciones felices y de sol. Era el día de playa perfecto.

Lo odió.

¿Por qué narices brillaba el puto sol si Anna se había marchado?

Echó a andar con una mano en el bolsillo y la otra sujetando el cigarro. Le ardían los ojos, pero mientras caminaba mirando al suelo, su mente se iba aclarando.

Poco después respiraba con más serenidad y sus pensamientos pasaban del negro más absoluto a un tono grisáceo.

Todo iría bien, se decía una y otra vez.

Pasó por delante de una tienda de souvenirs. Justo en la entrada tenía un expositor giratorio lleno de postales de Benidorm.

Compró veinticinco. Una para cada día que estuviesen separados; porque estaba seguro de que en menos de un mes volvería a verla. Ambos estaban dispuestos a hacer todo lo posible por estar juntos cuanto antes.

Veinticinco días, veinticinco postales.

Abandonó la tienda con la bolsa blanca en la mano, pero solo había avanzado unos metros cuando sus pies retornaron de nuevo al establecimiento y compró veinticinco postales más.

Estaba bien ser optimista, pero era mejor ser realista, se dijo.

Paró también en un estanco y compró dos paquetes de Fortuna y un montón de sellos.

El sol le caía a plomo sobre la cabeza cuando alcanzó La Calita. Eran las once menos diez. Llegaba con el tiempo justo para ponerse el uniforme.

Saludó a Eugenio y a Javi que ya estaban preparando las mesas y se encerró en el baño para cambiarse. Era una estancia amplia que solo usaba el personal. Dejó la mochila en una repisa de la pared y se quitó la ropa. No quería pensar en Anna, porque tenía un nudo gigantesco en la garganta y sabía que, en cuanto su imagen acudiese a él, rompería a llorar como un niño pequeño.

Con movimientos bruscos, sacó el uniforme de la mochila y se lo puso. Se abotonó la camisa mirándose al espejo. Tenía los ojos un poco hundidos y la expresión de su cara era de severidad absoluta con un rictus amargo en la boca. Mejor parecer seco y desagradable que un llorón, al menos mientras estuviera sirviendo mesas. Ya lloraría cuando estuviese solo.

Guardó la ropa y entonces vio el paquetito rojo que ella le había dado, ese con la cinta de su música favorita. En un arranque de curiosidad lo desenvolvió. Solo quería ver su letra una vez.

En cuanto expuso el contenido se arrepintió. No había solo una cinta. También había una foto de los dos. La primera que ella había tomado de ambos en el mirador del Balcón del Mediterráneo. Recordaba muy bien el momento. Ella había girado la cámara por lo que no estaban muy bien encuadrados. Sin embargo, era una foto preciosa. Anna miraba al objetivo y él tenía los ojos cerrados, cegado por el flash, pero sonreía feliz.

Dio la vuelta a la foto y descubrió lo que ella había escrito detrás. *Verano del 89. Tony y Anna.*

Sintió que el pecho se le encogía dolorosamente. Tuvo que hacer acopio de toda su fuerza de voluntad para no llorar. Carraspeó fuerte, parpadeó y miró al techo. Le dolía la mandíbula de tanta contención.

Terminó por guardarse la foto en el bolsillo del pantalón. Después, sacó un boli y una de las postales, en la que se veía la playa de Levante llena de gente. Escribió la dirección de Hamburgo y pegó uno de los sellos que había comprado antes.

Ya te echo de menos y solo hace media hora que te has ido.
Tony

Capítulo Catorce

Anna

En el momento en que habló con sus padres y anunció que quería dejar la carrera e irse a vivir a España, porque había conocido a alguien, su padre le retiró la palabra. No hubo dramas ni grandes protestas, solo un silencio pesado e incómodo. Peter Schwarz era hombre de pocas palabras y se había limitado a mirarla con frialdad, luego se levantó, arrojó la servilleta sobre la mesa y pronunció una frase lapidaria.

—Qué decepción.

Habían pasado veinticuatro horas de aquello y no había vuelto a hablar con ella. Cuando se cruzaban en las escaleras de la casa, ni siquiera le dirigía una mirada.

Anna había decidido que lo mejor era decir la verdad a su familia cuanto antes, así que, el mismo jueves, después de aterrizar y dejar las maletas en su piso, puso rumbo a casa de sus padres. Tenía previsto pasar allí el fin de semana.

Tal y como esperaba, la cena del jueves fue un desastre.

Al menos, su madre tenía una actitud diferente y, tras la conmoción inicial, estaba dispuesta a hablar con ella.

Era viernes y ambas se habían sentado a cenar en la sala. Estaban solas y el ambiente era amigable. Su padre había llamado para decir que llegaría tarde del trabajo. Probablemente, fuera una excusa para no coincidir con ella.

—Holger nos ha contado que ese chico es camarero. Que no tiene estudios ni dinero, ni nada —dijo Lisbet Schwarz muy seria.

Anna tuvo que morderse la lengua para no insultar a su hermano. ¡Maldito entrometido! Era un imbécil.

—Mencionó que estabas con alguien, pero no pensamos que pudiese ser algo tan serio. Todo el mundo tiene amores de verano —continuó—. Pero solo son eso, amores de verano. Luego cada uno vuelve a su vida y se olvidan.

—Tony es diferente —dijo con firmeza.

Su madre era una mujer a la que no le gustaban los enfrentamientos. Solía ser muy comprensiva, sobre todo con ella, pero parecía disgustada.

—Entiendo que pienses así. Acabas de despedirte de él. Espera unas semanas y verás que todo se enfría.

—No, mamá. No se va a enfriar. Él es especial para mí. —No quería perder la compostura, pero estaba a punto de echarse a llorar.

Lisbet dirigió la vista hacia la ventana. Estaba lloviendo afuera y el cielo era de un feo color gris. Anna la imitó y no pudo evitar comparar la lluvia y los colores apagados con el radiante cielo azul de Benidorm.

¡Cómo echaba de menos a Tony!

—Quizá te forzamos demasiado para que fueras a la universidad. No creas que no me he dado cuenta de que no te gusta lo que estás estudiando. A lo mejor, si cambiaras de carrera, serías más feliz y no tendrías esas ideas.

Ella meneó la cabeza con energía y suspiró.

—Mamá, eso podría haber funcionado antes de este verano. Pero ya no. No después de haber conocido a Tony. Quiero irme a vivir a España.

—¿Qué vas a hacer allí? Sin estudios y sin dinero. Ya sabes que tu padre, cuando se le mete una cosa en la cabeza, es muy obstinado. No pienses que va a ceder y te va a dar dinero para que puedas establecerte.

—No quiero dinero. Quiero demostraros que puedo hacerlo sola y empezar de cero con Tony —repuso.

Su madre bajó la mirada al plato. Los filetes de pollo estaban casi intactos.

—A ver, cuéntame tus planes.

Anna carraspeó, luego se irguió en la silla y miró a su madre a los ojos, tan azules como los suyos.

—Voy a vender mi coche. Es nuevo y sé que puedo sacar bastante dinero —anunció—. Con lo que consiga y lo que tengo ahorrado en el banco, puedo alquilar un apartamento en Benidorm y subsistir durante algunos meses hasta que encuentre un trabajo. Puedo trabajar en un hotel, estoy segura. Hablo cuatro idiomas. Y Tony también tiene trabajo. Serán dos sueldos y viviremos bien.

Lisbet se llevó una mano a la frente y se la frotó.

—No es un mal plan —dijo al fin—. Es solo que teníamos otros planes para ti.

—Pero eran vuestros planes, no los míos.

—Tienes que ser consciente de que tu nivel de vida no va a ser como ahora. Olvídate de comprarte ropa de marca y de ir a cenar a sitios caros…

—¿De verdad crees que soy tan superficial? —preguntó con tono dolido.

—No —admitió—. No lo eres.

Después de eso hubo un silencio que se alargó hasta el infinito. Anna intentó comer algo, pero se le había cerrado el estómago y no tenía hambre.

—¿Y si no sale bien? —dijo su madre—. ¿Y si te vas y lo abandonas todo por ese chico y él no es como esperabas?

—No me da miedo que pase eso, mamá —indicó con serenidad—. Pero si pasa y Tony y yo no estamos juntos, sé que podré salir adelante yo sola. Me gusta España. Me gusta la costa mediterránea y quiero vivir allí. Vosotros me habéis educado para que sea independiente.

—Pero nunca te ha faltado el dinero, Anna.

—Allí tampoco me va a faltar, porque voy a conseguir un trabajo.

—Tienes todas las respuestas por lo que veo.

Anna sonrió levemente.

—Me parezco a ti. —Hizo una pausa y se puso muy seria—. Mamá, necesito que me apoyes en esto.

Lisbet Schwarz se puso de pie y se dirigió a la ventana. Las gotas de lluvia resbalaban por el cristal.

—A lo mejor conocemos a alguien que pueda ayudarte —dijo al cabo de un rato.

—¿Ayudarme?

—Tenemos muchos amigos que se han retirado y viven en España y otros que han comprado viviendas allí para cuando les llegue la hora de la jubilación. No sé… —repuso vagamente. Luego se dio la vuelta y la miró con fijeza—. Dos meses. Te pido que no te vayas hasta dentro de dos meses. Si cuando llegue el momento sigues pensando igual sobre ese chico y él también, no pondré ni una sola pega.

A Anna se le cayó el alma a los pies. ¿Dos meses? ¿Tanto tiempo sin Tony?

—Son ocho semanas. No es tanto. Así os aseguráis de que vuestros sentimientos son reales. Podrás mejorar tu español y eso me dará tiempo a mí de averiguar si tenemos algún conocido que nos pueda aconsejar.

—Pero…

—Y es tiempo suficiente para demostrarle a tu padre que no es un capricho y que vas en serio —la interrumpió.

Ella se echó atrás en la silla y miró al techo.

Esas ocho semanas se le iban a hacer eternas, pero no iba a ponerse a su madre en contra. No quería tener problemas familiares. Quería a sus padres y deseaba que la apoyaran.

Aguantaría, se dijo.

—Vale —aceptó. Se levantó de la mesa sin haber tocado la cena—. ¿Puedo llamar por teléfono?

—Si lo preguntas es porque va a ser conferencia.

Anna le dirigió una sonrisa.

—Anda, llama.

Echó a correr hacia la sala donde estaba el aparato y marcó el número con el corazón dándole saltos en el pecho.

—Restaurante La Calita, buenas tardes.

Era una voz desconocida que se mezclaba con el alboroto del ambiente. Eran las siete y media y el turno de cenas de los turistas estaría en su apogeo.

—Hola. ¿Puedo hablar con Tony?

—Un momento.

Casi no podía aguantar la excitación.

—Si es usted un señor calvo y con bigote no me interesa —contestó Tony con tono guasón—, pero si es usted mi novia, entonces puede hablar.

Anna rio.

—Soy novia.

—Hola, amor. ¿Cómo estás? ¿Qué tal el viaje? ¿Has hablado con tus padres? ¿Te han llegado mis postales?

Hablaba tan rápido que casi no podía entenderle.

—Viaje bien. Hablo con mis padres. Mi madre bien. Mi padre enfadado porque no quiero estudiar más.

—¿Está muy enfadado? ¿Tienes problemas? —Había preocupación en su tono.

—No, no. Está todo bien. Solo es inesperado. Yo digo quiero vivir en España. Ahora ellos necesitan tiempo para aceptar.

—¿Les has hablado de mí?

—Holger hace.

Él resopló.

—Qué majo es tu hermano —apuntó con sarcasmo—. Seguro que les ha dicho que soy el hombre ideal para ti.

Ella rio.

—Te echo mucho de menos, Anna. Pienso en ti todo el tiempo —continuó él en voz baja y hueca, como si estuviera tapando el auricular del teléfono—. Estoy tan obsesionado contigo que se me ha olvidado cómo servir mesas. Necesito que vuelvas pronto, antes de que me despidan.

Ella frunció los labios. Quería decirle lo que acababa de prometerle a su madre, que iba a tardar dos meses en regresar a España, pero no quería estropear la conversación.

—Todavía no sé cuándo vuelvo. Tengo cosas pendientes.

—Es difícil no tenerte. Pero tómate tu tiempo. Yo te espero escuchando la cinta que me dejaste. Y la foto es maravillosa. Estás espectacular.

Ella sonrió. Había sacado dos copias de esa foto porque era la mejor de todas. Ambos parecían tan felices…

—Tony, te quiero mucho.

—Yo más, nena.

Se le arremolinaron las mariposas en el estómago. Se sentó en el suelo y apoyó la frente en las rodillas mientras esbozaba una sonrisa boba.

—¿Envías postales? —preguntó, recordando que él lo había mencionado.

—Todos los días. Ya he enviado dos. Seguro que las recibes pronto.

Ahora solo deseaba regresar a su piso para recoger las postales en cuanto llegaran.

—No puedo hablar mucho. Soy en casa de mis padres.

—No te preocupes. Llámame cuando puedas, amor. Y no te olvides de mí.

—No olvido. Nunca.

Cuando finalizó la llamada, se quedó en el suelo, procesando que acababa de escucharle y sonriendo feliz, hasta que escuchó la cerradura de la puerta. Debía de ser su padre que regresaba a casa. Se levantó deprisa y esperó a que atravesara el corredor para dirigirse a la escalera y huir a su antiguo dormitorio. No tenía ganas de enfrentarse a él y quería estar sola y pensar en Tony.

Tal y como él le había dicho, una semana más tarde, llegaron cuatro postales juntas. Todas ellas de Benidorm.

Ya te echo de menos y solo hace media hora que te has ido.
Tony

Anoche volví a casa andando. La playa desierta y la luna sobre el mar me recordaron a ti. Ven pronto.
Tony

Me paso el día frente al teléfono de La Calita, por si me llamas. La espera se me hace eterna. Quiero oír tu voz. Te quiero, nena.
Tony

Todo me recuerda a ti. Estuve en el Camel y recordé la noche que bailamos. Fue una de las mejores noches de mi vida.
Tony

Anna bajaba todos los días a su buzón a comprobar si llegaban postales nuevas. Había vuelto a su apartamento y se dedicaba a estudiar español con intensidad, tal y como le había recomendado su madre, y había puesto el coche en venta; era un Golf GTI de color rojo, que todavía no tenía un año, por el que esperaba sacar un buen pellizco de dinero.

Una tarde, Rudi se presentó sin avisar, como solía hacer, y le dio un susto de muerte cuando abrió la puerta y él saltó desde un lateral de la escalera pegando un aullido. Estaba como una cabra. No obstante, le alegró infinito verle. Vivía en Berlín, donde estudiaba medicina, y no iba mucho por Hamburgo.

—¡Mi chiquitina! —exclamó, cogiéndola en brazos.

Ella chilló de felicidad. Rudi era genial. Divertido y gracioso. Y no se parecía en nada a ella, era pelirrojo y tenía los ojos castaños.

—¿Qué haces aquí? —le preguntó sin aliento cuando la dejó en el suelo.

—He hablado con mamá y me ha comentado lo de la crisis familiar. De todas formas, tenía que venir a ver a la familia antes de empezar el semestre, que luego estoy hasta arriba.

Ella resopló. ¿Crisis familiar?

Entraron en el piso y él se tiró en el sofá, dejando el petate en el suelo.

—¿Cerveza? —preguntó con cara de esperanza.

Ella asintió. Fue a la nevera y sacó dos botellas de Astra. Las abrió y le tendió una mientras se acomodaba a su lado en el sofá.

—Quiero ver fotos. —Fue lo primero que dijo él después de dar el primer trago.

Anna señaló el cajón de la mesita auxiliar.

Rudi estiró la mano y sacó el taco de fotos que había dentro. Las observó, pasándolas despacio, y Anna aguardó su veredicto, un poco nerviosa.

—Vale. ¿Han visto estas fotos papá y mamá? —dijo él, al fin.

—No.

—Mejor. No se las enseñes.

Ambos se miraron intentando contener una risita.

—Es un *Prolo* —dijo él risueño.

—Lo sé. Y me importa bien poco.

Rudi soltó una carcajada.

—Pero parece simpático.

—Me hace reír —confesó ella, echando un vistazo a las fotos—. Y bailar y cantar. Y mil cosas más.

—Entonces, lo apruebo —concluyó él—. Ahora necesito que me lo cuentes todo. ¿Cómo os conocisteis? ¿Y qué narices pasó con Holger?

Ella se acurrucó en el sofá y empezó a hablar.

Pasaron una tarde fabulosa. Llevaban meses sin verse, así que tenían mil cosas que contarse. No solo hablaron de Tony, también de los planes de Rudi, que pensaba especializarse en traumatología cuando acabara los dos semestres que le quedaban para terminar la carrera.

Se puso un poco más serio al confesarle que había conocido a una chica de la Alemania Oriental, que había conseguido acceder a la Alemania Occidental a través de Checoslovaquia y Hungría. Rudi la encontró en la indigencia y le ofreció vivir en su piso. De eso hacía tres semanas y estaba empezando a colarse por ella.

—No se lo digas a papá —le recomendó Anna.

—No. Prefiero que esté en tu contra y a mí que me deje en paz. Imagínate, su hija con un *Prolo*, y su hijo con una *Ossi*[17].

---

[17] Término peyorativo para llamar a los nacidos en la Alemania Oriental. Al igual que se utilizaba el término *Wessi* para llamar a los nacidos en la parte Occidental.

—Solo se salva Holger —se rio—. Seguro que se casa con una rica heredera.

—¡Qué aburrimiento!

Rudi se despidió poco después porque había quedado con unos amigos para cenar. Iba a pasar unos días en la casa familiar, así que prometieron verse en breve.

Una vez que él se hubo marchado, Anna rebuscó por todo el piso las monedas de uno o dos marcos que pudo encontrar. También cogió de cincuenta y de veinte céntimos. Y con una bolsita de plástico llena de dinero, bajó la escalera y se dirigió a la cabina amarilla que tenía frente a su casa. Era de noche y no había mucha gente por la calle; vivía en un barrio muy tranquilo. Entró en la cabina y cerró la puerta.

Sabía que las llamadas internacionales costaban bastante dinero y no tenía ni idea de si podría hablar mucho con Tony, pero tenía ganas de oír su voz. Hacía dos semanas que no lo hacía.

—Restaurante La Calita, buenas noches.

¡Era él!

—Tony —jadeó ansiosa—. Soy Anna.

—¡Lo sabía! Estoy junto al teléfono siempre. Cada vez que suena y no eres tú, me muero un poco. Hoy he resucitado —se rio—. ¿Cómo estás?

Mostraba tanto entusiasmo que a ella le dio un vuelco el estómago.

—Todo bien. ¿Y tú?

—Perfecto. Te echo de menos.

—Yo también.

Sus ojos no podían dejar de mirar como las monedas que había colocado en la parte superior se iban colando con rapidez dentro del aparato. Ella seguía recargando con prisas.

—No tengo mucho tiempo. Estoy en cabina telefónica. Creo que tardo en volver a Benidorm un poco. Mi madre me pide estar con ella unas semanas.

Hubo una pequeña pausa al otro lado de la línea, como si aquello le hubiese descolocado. Las voces de la gente y la música del restaurante llegaron con claridad hasta ella.

—No te preocupes, Anna —repuso él al fin—. Yo te espero todo el tiempo que sea necesario. ¿Has hablado ya con tu padre?

—No hablamos, pero todo bien. Tú no preocupes. Voy a vender mi coche y estudio español todo el día.

—¿Has recibido mis postales?

—Solo cuatro.

—Te he enviado muchas más.

—Soy feliz cuando llegan.

La última moneda cayó dentro del aparato con un sonoro clang.

—Se acaba dinero. Te quiero mucho. Llamo otro día.

—Yo también te quiero mucho…

La llamada se cortó.

Frustrada, apoyó la cabeza en la puerta de la cabina y su vista se dirigió al reflejo del cristal. Hacía frío en Hamburgo, lo normal a finales de septiembre. Llevaba una chaqueta de cuadros sobre una camisa azul y unos vaqueros. El pelo suelto le ocultaba las orejas. Se lo echó hacia atrás para que los pendientes que él le había regalado quedaran a la vista.

Lugo regresó al apartamento para seguir estudiando.

El tiempo pasaba muy despacio y los días parecían eternos. Logró vender el coche y recibió una bonita suma que guardó en el banco. En dos ocasiones fue a casa de sus padres para poder llamar a Tony, a sabiendas de que su padre no se encontraría allí. No podían hablar mucho porque él siempre estaba ocupado, pero solo el hecho de escucharle era como una recarga de energía. Recibió varias postales más, que leía y releía varias veces y luego guardaba en una cajita de madera, donde iba acumulándolas.

Hoy está lloviendo y hay poca gente en el restaurante. Me aburro, así que he decidido escribirte varias postales. Te echo de menos.
Tony

TE QUIERO.
Tony

He visto un apartamento genial que está bien de precio. Cuando vengas, podemos alquilarlo. Tiene solo un dormitorio, pero es grande y tiene piscina. Tengo ganas de que estés aquí.
Tony

He conocido a una chica alemana que me va a enseñar un poco de alemán. Practicaré con la siguiente postal. Se llama Heike y tiene doce años.

Está de vacaciones con sus padres, su madre es española y su padre alemán. Es muy descarada. Ha visto tu foto y dice que eres preciosa. Tiene buen gusto. Te quiero.

Tony

Ich liebe dich, mein Schatz. Du bist das Beste was mir je passiert ist. Ich habe ein blödes Gesicht. Hallo! Bin Tony's Lehrerin. Er ist nicht sehr intelligent, trotzdem finde Ich ihn cool. Ich habe dein Bild gesehen und du bist wunderschön. Suche dir einen besseren Mann. Hahaha![18]

Tony

Se había reído mucho con esa postal. Sí que era descarada la tal Heike. Pobre Tony, estaba siendo víctima de una niña precoz.

Unos días más tarde quedó con su madre para ir de compras y hablaron largo y tendido. Si su madre había esperado que cambiara de opinión con respecto a Tony, se equivocaba. Seguía tan colada por él como el primer día y no veía el momento de poder regresar a Benidorm.

Lisbet admitió que tiraba la toalla y que aceptaba su decisión. Le confesó que había tenido largas conversaciones con su padre y que este comenzaba a ablandarse, por lo que había organizado una cena para los tres el fin de semana siguiente, para que pudieran hablar y solucionar las cosas.

---

[18] Te quiero, tesoro mío. Eres lo mejor que me ha pasado nunca. Tengo cara de bobo. Hola, soy la profesora de Tony. No es muy inteligente, pero me mola. He visto tu foto y eres preciosa. Búscate un hombre mejor. Jajaja.

Anna pensó que era una gran idea.

Su situación personal quedaba empañada por la que estaba atravesando el país. Hacía más de cincuenta años que Alemania estaba separada en dos mitades, pero desde la llegada al poder del presidente ruso, Gorbachov, muchas cosas estaban cambiando en la Unión Soviética que afectaban a la Alemania Oriental. El régimen comunista se desmoronaba. En la televisión no se hablaba de otra cosa.

Ya en agosto hubo un éxodo masivo de alemanes orientales desde Hungría hacia la Alemania Occidental mientras el gobierno miraba hacia otro lado y la Unión Soviética no hacía nada. Posteriormente, en septiembre, una gran cantidad de refugiados, como la amiga de Rudi, consiguieron salir de la Alemania Oriental a través de la Embajada de Alemania Occidental en Praga.

Según avanzaba octubre, las noticias que llegaban desde la otra Alemania eran cada vez más esperanzadoras, pero también muy confusas. El día dieciocho de ese mes, Erich Honecker, presidente del Consejo de Estado de la República Democrática Alemana, que se oponía enérgicamente a la postura aperturista de Gorbachov, renunció a su cargo.

El mundo parecía sumirse en un caos.

Quizá porque su padre estaba demasiado interesado en el tema político y muy pendiente de lo que pudiese suceder en las próximas semanas, la cena transcurrió en total tranquilidad. Peter Schwarz se mostró receptivo y, aunque admitió que no era ese el futuro que hubiese querido para ella reconoció que era una chica inteligente y madura, y que sabría salir adelante.

Anna sabía que a su padre le había costado decirle todo aquello. No hablaba mucho y apenas expresaba sus sentimientos, así que, tras esa declaración, hecha con mucha seriedad, ella estuvo a punto de echarse a llorar.

Llamó a Tony y le contó todo. Le dijo que le quería más que nunca y que pronto regresaría. Él repitió que la echaba de menos y que la esperaría toda la vida porque era un romántico —eso lo pronunció con mucho énfasis—, y ella le llamó cursi.

Los dos rieron.

Las cosas no podían ir mejor.

Entonces, el día treinta y uno de octubre tuvieron lugar dos sucesos que ella no esperaba y que podían cambiarlo todo.

El primero: recibió una postal de Tony fechada días atrás, cuyo contenido la deprimió bastante.

> Anna, La Calita cierra del veintiséis de octubre al nueve de noviembre. No puedes llamarme allí. Voy a volver a Madrid unos días a ver a mis padres. No tienen teléfono. Llámame el diez de noviembre al restaurante. Yo te escribiré desde Madrid. Te amo mucho.
>
> Tony

El segundo: su madre se presentó en su apartamento esa tarde sin previo aviso. Cuando le abrió la puerta, Lisbet entró deprisa, dejando un rastro de perfume tras de sí.

—He encontrado una solución —le dijo. Y sonreía.

Capítulo Quince

Tony

El teléfono había sonado varias veces en todo el día y por más que rezó para que fuera Anna en alguna de las ocasiones, no tuvo suerte. Eran ya las once y media de la noche, estaban con el segundo turno de cenas, y comenzaba a perder la esperanza. Pese a ser diez de noviembre, el paseo marítimo estaba muy animado porque hacía buen tiempo y acababan de comenzar las Fiestas Patronales de Benidorm. La gente de la localidad y alrededores acudía a pasar allí unos días y a disfrutar del desfile de carrozas, de las romerías, de los toros, de los conciertos y de las atracciones para los niños.

Después de los diez días de vacaciones, La Calita había abierto justo cuando empezaba la algarabía para poder aprovechar el tirón de las Fiestas.

La televisión llevaba todo el día emitiendo imágenes de la caída del muro de Berlín de la noche anterior, y él no podía dejar de mirar la pantalla. Sabía que era un estúpido y que Anna no estaba en Berlín, pero cada vez que salía alguna chica rubia, el corazón le daba un salto.

En cuanto pudo escaquearse a la parte trasera a fumar un cigarro, se fue. Se apoyó en la pared del callejón y echó un vistazo al montón de colillas que se acumulaban en el suelo, cerca de sus pies. La mayoría le pertenecían a él y eran todas de ese día.

Estaba muy ansioso y no podía dejar de fumar.

Demasiado tiempo sin saber nada de Anna y cargado de incertidumbre. El cierre del restaurante le había pillado desprevenido. Los demás sabían que el dueño solía darles vacaciones antes de las Fiestas, pero a él nadie le había dicho nada. Y fue sin previo aviso, un escueto: *mañana no vengáis porque cerramos*. Todos se alegraron, excepto Tony. Dependía demasiado de ese puñetero teléfono y de las llamadas de Anna.

¿Qué cojones podía hacer?

Le escribió una postal comunicándoselo y se fue a la capital, porque en Benidorm, sin trabajo y sin Anna, sentía que no pintaba nada.

Madrid le resultó decepcionante e insulsa, algo que no le había sucedido nunca. El piso de Carabanchel era una pocilga y sus dos colegas, aprovechando que iba a estar mucho tiempo fuera, habían subarrendado el cuarto a otro chico. En el fondo, casi se lo agradeció porque no tenía ganas de volver a ese cuchitril.

Recogió el resto de sus pertenencias que habían apilado en el lavadero dentro de bolsas de basura, y se largó a casa de sus padres.

El hogar de su infancia tampoco era mucho mejor, la verdad, pero estaba limpio y al menos era la casa donde se había criado. Se ubicaba en el barrio de Entrevías —famoso por el trapicheo, los hurtos y los asaltos— y era muy viejo. Un cuarto sin ascensor de un único dormitorio que sus padres habían adquirido hacía muchísimos años. Su madre tuvo la polio de pequeña y no podía andar sin bastón porque tenía una pierna mal, por lo que nunca había trabajado, así que subsistían con el sueldo de albañil de su padre. En cuanto Tony se dio cuenta de que era más una carga que una bendición para ellos, se largó de casa.

Dejó el coche en el taller del Miguel. Así le llamaba todo el mundo, Tony incluido. Había mamado esa forma de hablar desde pequeño y no hubiese podido referirse a él de otra manera, sin el artículo delante del nombre. Era un antiguo compañero de colegio y se alegró de saludarle. Al Seat no le pasaba nada, pero no quería aparcar en la calle y que le robaran las ruedas y la radio. Por un módico precio, el Miguel cuidaba de los coches de sus colegas y los encerraba en el taller.

Antonio Alba y Pepa Aguilar le recibieron con los brazos abiertos. Hacía meses que no le veían y estaban entusiasmados. Le pasearon por todo el barrio, presumiendo de hijo ante los vecinos. Su madre le preparó la cama plegable que salía del mueble del salón y guisó pollo con patatas.

El domingo veintinueve de octubre se celebraron las elecciones generales. Felipe González, el actual presidente del Gobierno, las había adelantado nueve meses, algo que a Tony le pilló de sorpresa. No se había enterado porque no le interesaba la política y no veía las noticias. Acompañó a sus padres al colegio electoral, pero se quedó fuera mientras ellos votaban. No se sentía ligado a ningún partido y pensaba que todos eran iguales, así que se abstuvo. Esa misma noche se enteraron de que el PSOE había vuelto a ganar por mayoría absoluta. Mientras sus padres lo celebraban, él se fue a dar una vuelta por el barrio, con los cascos puestos, escuchando la cinta de Anna.

En los días que siguieron, trabajó mucho en casa. Cambió enchufes, arregló un armario de la cocina, sustituyó tres baldosas del suelo del baño que estaban rotas, encoló las sillas del salón y pintó la barandilla de la terraza. Eran pequeñas chapuzas que su padre no hacía por falta de tiempo y de dinero, no por vaguería.

Mientras compartían comida y cena, hablaban de todo, de la decadencia del barrio, de que cada vez estaba peor, de que había jeringuillas en los parques y nadie hacía nada, de que Pepa ya no se atrevía a salir a la calle sola cuando oscurecía. Y Antonio le dijo que contaba los días que le faltaban para jubilarse, que le dolían los huesos y que cada vez le costaba más subirse al andamio.

Tony les habló de Anna, les enseñó su foto y les dijo que tenía previsto quedarse en Benidorm. Que en cuanto tuviera un piso decente, los llevaría para que fuesen a la playa por primera vez en su vida. Luego les dio parte de su último sueldo y su madre acabó llorando. Su padre era más duro, pero también se le aguaron los ojos. No era la primera vez que les mandaba algún dinero, pero esa vez fue generoso. Había pensado en ahorrarlo todo para empezar una nueva vida con Anna, pero no podía ver a sus padres en la miseria.

No salió mucho.

Lo hizo una tarde para tomarse unas cervezas con tres amigos de toda la vida, el Rafita, el Carlos y el Edu, pero rápidamente se dio cuenta de lo que pasaba con ellos. No trabajaban y estaban enganchados al caballo. Le hablaban todo el tiempo como si fuera un auténtico triunfador y todos soñaban en ser como él, en salir del barrio y trabajar en la playa. El problema era el dinero, decían. No había curro. Le gorronearon todo el tabaco y la ronda de cañas la pagó también, porque toda la pasta que ellos tenían ya tenía nombre y dueño. En cuanto oscureció, se largaron a pillar algo.

Los vio alejarse y se preguntó si él habría terminado igual si se hubiera quedado allí.

Probablemente.

Pasaba mucho tiempo en el balcón, fumando y pensando en Anna. Habían transcurrido casi dos meses desde que ella se fue y todas las llamadas y las postales eran un pobre sustituto de su persona.

Comenzaba a desesperarse.

Ella le había dicho que iba a regresar a España. ¿Qué demonios la retenía en Alemania? Sabía que le había prometido a su madre quedarse unas semanas con ella, pero ya estaba bien, ¿no?

La necesitaba.

La foto que tenía de los dos estaba tan manoseada que empezaba a perder el color y había escuchado su cinta tantas veces que era capaz de cantar las canciones, aun sin entenderlas.

Tenía días muy malos, en los que pensaba que ella no iba a volver, que se había dado cuenta de quién era él en realidad: un pobre camarero sin un duro, cuyas únicas posesiones eran un coche de mierda y muchos sueños.

Otros días se burlaba de esos pensamientos negativos y el optimismo le embargaba. Pensaba en un futuro común. En la familia que formarían y lo felices que serían.

Esos eran los mejores días.

Hasta su madre le decía que estaba más guapo cuando sonreía.

Le escribió dos postales mientras estaba en Madrid.

Estoy en Madrid y esta ciudad ya no me gusta ni me llena. Quiero volver a Benidorm y disfrutar de ese cielo azul contigo. Te quiero cada día más, rubia. No te olvides de mí.
Tony

Los días se me hacen eternos. Solo quiero estar a tu lado y poder besarte y abrazarte. *Du bist die Frau meines Lebens*[19].
Tony

La última frase la había sacado de la libreta en la que había estado practicando el alemán con Heike.

____

[19] Eres la mujer de mi vida.

Los días que estuvo en Benidorm antes de regresar a Alemania, fue su compañera casi inseparable. Sus padres solían comer en La Calita y luego se iban a la playa. Ella se quedaba en el restaurante comiendo helado y bebiendo refrescos. No le gustaba el mar desde que había visto *Tiburón*, decía. Era una niña demasiado lista para su edad y él sabía que a veces le tomaba el pelo, pero no le importaba gran cosa si así podía sorprender a Anna con esas frasecillas en alemán.

Una tarde, estaba tan desesperado y la echaba tanto de menos, que se fue a buscar una cabina con el bolsillo de los vaqueros lleno de monedas de cien pesetas y la libreta de Heike. Sabía que las conferencias eran carísimas, pero solo quería escucharla un segundo. Eso le bastaría.

Por supuesto, la llamada fue un desastre.

Solo tenía el número de teléfono de sus padres y sabía que Anna no vivía allí, pero decidió intentarlo, por si acaso. Era sábado y quizá ella pasara el fin de semana en la casa familiar.

Después de encerrarse en la cabina y vigilar que no hubiera nadie cerca que estuviera interesado en sus monedas, las introdujo en la ranura y marcó. Le temblaban un poco las manos. No tenía ni idea de lo que se iba a encontrar al otro lado de la línea.

—Schwarz?

Era un hombre y ese era el apellido de Anna. ¿Sería el padre o el hermano?

Muy nervioso, trató de leer las palabras escritas en alemán cuya pronunciación aproximada había escrito Heike al lado.

—*Hallo. Ich möchte mit Anna sprechen*[20].

Hubo un largo silencio al otro lado de la línea.

—*Anna ist nicht da. Mit wem spreche ich, bitte?*[21]

No entendió nada.

—*Anna, bitte*[22] —repitió.

—*Bist du Tony?*[23]

Había dicho su nombre, ¿no?

—Sí, Tony. España.

—No habla español. *Sorry. I am Rudi. Annas brother. Do you speak English?*[24]

—*A little*[25].

—*My sister is not at home. She is in town, shopping. Should I tell her you have called?*[26]

¡Joder! ¡Qué rápido hablaba el tal Rudi! Por lo menos había entendido que ella estaba de compras o algo así.

—Eh… *Okay. Thank you*[27].

—Mucho bonito España. Sangría bueno. Adiós —dijo el hermano con tono agradable.

Tony contuvo una risa antes de despedirse con un *adiós y gracias*. Rudi semejaba ser un chaval simpático.

---

[20] Hola. Quiero hablar con Anna.

[21] Anna no está. ¿Con quién hablo, por favor?

[22] Anna, por favor.

[23] ¿Eres Tony?

[24] Lo siento. Soy Rudi. El hermano de Anna. ¿Hablas inglés?

[25] Un poco.

[26] Mi hermana no está en casa. Se ha ido a la ciudad de compras. ¿Quieres que le diga que has llamado?

[27] Sí, gracias.

La putada era que se había gastado un pastón en la llamada para nada.

Por fin llegó la hora de volver. Se despidió de sus padres, prometiendo llamar con más frecuencia, y fue a buscar el coche al taller. El Seat estaba impoluto porque el Miguel le había pegado un manguerazo para que no cogiera polvo.

Condujo escuchando al Loco, a Radio Futura y a los Burning.

Atardecía cuando llegó a Benidorm.

En lugar de dirigirse a su piso, se encaminó a la playa de Poniente, que estaba casi desierta, y aparcó frente al arenal para disfrutar de los colores del cielo. Se bajó del coche, pero dejó la radio puesta. Sonaba *Chica de ayer* de Nacha Pop. La melancolía le invadió. Esa canción siempre le ponía triste, pero no se molestó en cambiarla. Se encendió un cigarro y contempló la puesta de sol. Los colores radiantes rojizos y dorados bañaron la playa, bañaron su coche y le bañaron a él.

Y quiso que Anna estuviese allí, a su lado.

Pero no estaba.

Con una tristeza gigantesca oprimiéndole el corazón, regresó a su apartamento y, sin desvestirse, se tiró en la cama. Se quedó dormido muy rápido y soñó con ella. Soñó que era el día siguiente y que ella le llamaba por fin y le decía que en unos días estaría allí.

Aparentemente, el sueño no se iba a cumplir, porque eran cerca de las doce de la noche y ella no había intentado contactar con él.

—¡Tony! —Una voz elevada le hizo salir de su ensimismamiento.

Se giró y vio a Salva que le miraba desde la puerta trasera.

—¿Dónde estabas, macho? —le preguntó llevándose un dedo a la cabeza—. Te he llamado tres veces.

Tony se irguió con precipitación.

—¿Me llaman por teléfono?

—No. Han entrado tres mesas más y necesito que me eches un cable.

—¿A estas horas?

—Ya ves —se lamentó—. Son Fiestas. Una mierda.

—Voy.

Lanzó la consumida colilla al suelo y fue detrás de Salva.

Las tres mesas que habían entrado eran de jóvenes de las peñas. Chicos y chicas riéndose y cantando. Pidieron cervezas y tapeo, nada muy elaborado, así que el cocinero, que ya tenía la cocina limpia, no protestó demasiado. Lo peor fue tener que esperar a que terminaran de comer y de beber. Tenían la juerga dentro y ninguna intención de volver a casa.

Tony se permitió el lujo de ir a la barra y pedirle una caña a Javi. Los empleados no bebían durante el horario de trabajo, pero el dueño se había ido, era tarde y estaba hasta las narices de escuchar a Manolo Escobar a través de los altavoces. Javi se sirvió una para él también y ambos chocaron los vasos y se bebieron el contenido casi de un trago.

—Hijos de puta —rezongó Salva, acercándose—. Quieren otra ronda de cervezas.

Javi las sirvió y Tony y Santi las llevaron.

Los chavales —no debían de tener más de dieciocho o diecinueve años— estaban bastante borrachos y las risas estentóreas y los gritos no eran muy agradables. Uno de ellos se subió a una silla y se cayó. Estuvo a punto de romperse la crisma

Finalmente, a las dos, Salva tuvo que intervenir para decirles que ya no podían pedir más consumiciones, que iban a cerrar. Para que no hubiera quejas, los invitó a chupitos de mistela. Hubo aplausos y silbidos.

Eran las dos y media cuando por fin pudieron echar el cierre y ponerse a recoger. Tony fregó el suelo de la terraza con movimientos bruscos. Estaba de mal humor y ni siquiera el agotamiento de haber trabajado tantas horas conseguía calmarle un poco. Pasaba la fregona con tanto brío que estuvo a punto de tirar el cubo de agua.

—Tony, deja eso y vete a casa —le dijo Salva—. Que solo es el primer día de Fiestas. Hasta el miércoles vamos a estar como hoy. Lo bueno es que luego empezamos ya con el horario de invierno y hacemos turnos.

Salva creía que su torpeza se debía al cansancio, pero en realidad estaba preocupado y agobiado porque no sabía nada de Anna.

Había comenzado a pensar que algo malo había pasado porque ella jamás habría incumplido una promesa. Tenía que haberle llamado. Se lo había pedido en la postal. ¿Y si no la había recibido? ¿Y si ella no tenía ni idea de que La Calita había cerrado durante diez días? ¿Y si había intentado localizarle y no había podido?

Al menos, su hermano le habría dicho que había llamado, ¿no?

Si no sabía nada de ella en las próximas veinticuatro horas, tendría que volver a llamarla a casa de sus padres. No tenía otra opción.

Frustrado, se fue al baño a cambiarse. Se quitó el uniforme y se puso unos vaqueros, una camiseta negra, las John Smith y una chupa de cuero. Había comenzado a refrescar por las noches y se agradecía la cazadora.

Se despidió de los otros y cruzó la carretera hasta el paseo marítimo, que estaba vacío. Solo en el arenal había gente sentada en grupitos. Se encendió un cigarrillo y se subió el cuello de la chaqueta porque había comenzado a soplar el viento.

—Tony Alba.

En un primer instante pensó que era la brisa o que había escuchado un eco del pasado porque creyó que era Anna pronunciando su nombre.

Se dio la vuelta con precipitación.

La melena rubia era como un faro en la noche.

Solo diez pasos los separaban.

—Anna —acertó a murmurar.

Y después, se estaban abrazando y besando.

Y sus lágrimas se mezclaban y ninguno sabía quién se había acercado primero.

Y los dos sabían que estaban en el lugar correcto.

Capítulo Dieciséis

Anna

¿Era posible morir de felicidad?

El corazón le iba tan deprisa y le latía con tanta furia que tuvo miedo de que le explotara. ¡Tony estaba ahí! La estaba abrazando y besando, y era como si nunca se hubiesen despedido. Como si se hubieran visto el día anterior. Todo era familiar y maravilloso: su olor, sus brazos sólidos, su boca ardiente y su aliento enredándose con el suyo.

Había esperado horas cerca de La Calita hasta que el restaurante cerró por fin y pudo ir a su encuentro. Le siguió unos pasos admirando su forma de caminar con ese desenfado que le caracterizaba, los vaqueros ceñidos le sentaban de miedo, como siempre. Vio cómo se encendía un cigarro y se subía el cuello de la cazadora.

Y no pudo contenerse más. Necesitaba verle la cara. Le llamó.

Cuando él se dio la vuelta, sus ojos oscuros se abrieron como platos y su mueca de incredulidad rápidamente se convirtió en una de gozo.

Estaba tan guapo, y su sonrisa era tan grande…

Y ya no vio más porque se echó a llorar de felicidad.

Y se besaron.

Y las manos de él no querían soltarla.

Y ella se aferró a su cuerpo con tanta fuerza que quizá le hizo daño.

Y las lágrimas de él entraron en su boca mezcladas con las suyas.

—Tony…

—Cállate y no hables. Si hablas no puedo besarte.

Ella rio.

Y él le besó la risa.

Luego se apartó unos milímetros y la miró estremecido, con los ojos enrojecidos.

—¿Qué haces aquí? ¿Por qué no me has llamado? ¿Has venido para quedarte? ¿Tienes que volver? Estaba preocupado porque no sabía nada de ti.

—He vuelto para estar contigo.

Él apoyó la frente contra la de ella.

—Por favor, Anna, dime la verdad. ¿Tienes que volver a Hamburgo?

Sonaba desesperado y ella le alzó la barbilla con los nudillos. Parecía tan vulnerable que su amor por él creció hasta el infinito. Llevaba su pendiente, el arete de oro, y aquello la emocionó.

—He vuelto para siempre, Tony.

Él dejó escapar una especie de gruñido y la elevó en el aire al tiempo que la estrujaba entre sus brazos.

—¿Por qué no has vuelto antes? ¿Tenías que esperar a que cayera el muro de Berlín?

—Claro. No podía perdérmelo.

De hecho, el billete de avión llevaba un tiempo reservado para la mañana del diez de noviembre. Gracias a Dios, ella volaba desde Hamburgo, porque el aeropuerto de Berlín se colapsó completamente. Que la caída del muro, que significaba el fin de la Guerra Fría, tuviese lugar el nueve de noviembre los había cogido por sorpresa a todos. Tanto ella como Holger estaban en casa de sus padres cuando recibieron la llamada de Rudi para que encendieran la televisión. Fue algo increíble ver a todos esos alemanes orientales cruzar el muro y ser recibidos por los alemanes occidentales. Muy emocionante. Habían permanecido casi toda la noche en vela, viendo la tele y esperando más noticias de Rudi, que lo estaba viviendo en primera persona. Cuando el taxi llegó a recogerla a las siete de la mañana solo había dormido una hora.

Tony la dejó en el suelo y se quedó mirándola, recorriéndole el rostro con avidez, como si todavía no pudiese creer que estuviera ahí, delante de sus ojos.

—Tu pelo es igual, suave y brillante, aunque te ha crecido un poco —dijo, acariciándoselo—. Tus ojos miran igual, no te los has cambiado. Y tu nariz pecosa es la misma. —La tocó con el índice como pulsando un botón—. Quizá te haya salido una peca más. Tendré que contarlas de nuevo. Tus orejas salidas llevan mis pendientes. Y tus labios de salchicha son iguales. —Se los recorrió con el pulgar—. Sí. Eres mi Anna.

Ella tuvo que reprimir una risa.

—Tú también eres mi Tony. Llevas tus zapatillas, tus vaqueros y una chupa. Y andas como un chulo.

—Tu español ha mejorado mucho —dijo con admiración.

—Dos meses estudiando muchas horas, pero no puedo decir *perro* —se lamentó. La doble erre le costaba muchísimo.

—Entonces tendremos un gato —sentenció él.

Entrelazaron los dedos y echaron a andar por el paseo sin rumbo fijo. Había algunos locales abiertos y más personas de lo usual por la playa a esas horas.

—¿Por qué tanta gente en noviembre?

—Son Fiestas en Benidorm.

Siguieron caminando en silencio. Se podía palpar que los dos tenían veinte mil cosas que decirse, pero cada vez que se miraban solo podían sonreír. O se detenían para besarse.

—Cuéntame todo lo que han dicho tus padres —dijo él al fin—. ¿Qué ha pasado? Por teléfono no podíamos casi hablar.

—Mis padres bien. Aceptan todo. Es largo de explicar. Vamos al apartamento.

—Ya sabes que comparto piso —le recordó él, avergonzado—. Si hubiera sabido que venías hoy habría buscado otra cosa.

—Tengo un apartamento para nosotros.

Él se detuvo y la contempló con asombro.

—¿Cuánto tiempo llevas aquí para haber encontrado un apartamento?

—Llego hoy, pero el apartamento consigo en Alemania. Muy buen precio.

Le habló de que un colega del hospital de su padre tenía un piso en Benidorm que había comprado como inversión y lo tenía vacío. La tramitación y la firma del contrato habían tenido lugar en Alemania.

—Está cerca de tu restaurante. Es muy bueno para ti.

—¿Lo has pagado todo tú? —Había incomodidad en su tono.

Anna le miró sin comprender hasta que se dio cuenta de lo que sucedía.

—Tony, vengo a empezar de cero contigo. No soy niña rica.

Él guardó silencio. Los engranajes de su cabeza debían de funcionar a toda máquina porque tenía el ceño fruncido y la mirada extraviada.

—Debemos hablar y explico todo —continuó ella.

—Sí. Tenemos que hablar. —Giró la cara y la miró con impaciencia—. Pero primero, quiero comerte entera. ¿Qué opinas?

—Opino eres muy inteligente —sonrió traviesa—. Ven. El piso está aquí —dijo, tomándole la mano y dirigiéndole al otro lado de la calle.

No tuvieron que andar mucho. El bloque de apartamentos Mar Blau se encontraba cerca.

Se accedía a través de una verja y había que atravesar un parque infantil, que estaba a oscuras, para llegar al portal. Una farola iluminaba la entrada. Ella le llevó hasta el ascensor y subieron a la sexta planta.

El piso era de dos dormitorios y se notaba que tenía ya unos años, pero los muebles estaban nuevos y la ubicación, en primera línea de playa y con vistas al mar, era ideal. Además, tenía garaje. No disponía de piscina, pero con el mar al lado, ¿qué importaba eso?

Tony recorrió el piso, abriendo las puertas y echando un vistazo a todas las estancias. Y luego fue a la terraza y se apoyó en la barandilla de metal. Ella le siguió y se situó a su lado. La brisa fresca les agitó los cabellos. A lo lejos se veía el mar oscuro y oscilante.

—¿Qué te parece? —rompió ella el silencio.

—Pienso que es genial —dijo él con un suspiro—. Y espero poder pagarlo.

—Somos dos. Y tengo un trabajo.

La contempló con estupor.

—¿En serio?

Ella asintió.

—¿Cómo…?

Le puso un dedo sobre los labios y negó con la cabeza.

—¿Hablamos o me comes?

Él echó la cabeza hacia atrás y soltó una carcajada ronca. Esa risa profunda hizo que a ella se le pusiera la carne de gallina. Amaba mucho ese sonido y se le encogió la garganta de anticipación.

—Vamos al dormitorio —gruñó él. Y tiró de su mano.

La habitación era una estancia muy aséptica con las paredes pintadas de blanco, sin cuadros ni decoración alguna. Incluso las cortinas eran de un aburrido tono beige. Solo había una cama doble con la colcha del mismo color que las cortinas, dos mesillas y el armario empotrado donde ella había guardado toda su ropa aquella tarde al deshacer las maletas. Nada más. Había tenido que llevar una silla del salón y ponerla en un rincón para dejar el radiocasete.

Prendió una de las lamparitas y una débil luz anaranjada iluminó el cuarto. Luego encendió la radio. Sonaba una canción que le gustaba mucho: *Time after Time de* Cindy Lauper y dejó la emisora. Después se detuvo al pie de la cama. Le temblaban un poco las piernas y no sabía por qué. Se había acostado muchas veces con Tony, pero de pronto, se sentía torpe e insegura, como si fuera la primera vez.

Él no parecía tener el mismo problema, porque tardó poco en desnudarse. Estuvo a punto de caer al suelo de cabeza en su ansia por quitarse los pantalones sin haberse desabrochado las zapatillas.

—Joder, quería ser elegante, pero es imposible —farfulló.

A ella se le escapó la risa y la inquietud desapareció. Era imposible sentirse incómoda con Tony.

Cubierto solo con unos calzoncillos azules, cuya erección amenazaba con darlos de sí, se cruzó de brazos y la miró con expectación.

—¿Quieres hacerlo vestida?

Ella no respondió. Lentamente, se deshizo de la chaqueta vaquera y se desabrochó los pantalones y la camisa. Tuvo más cuidado que él al quitarse las zapatillas. Y terminó quedándose solo en braguitas, ya que no solía usar sujetador.

Los ojos de Tony la recorrieron de arriba abajo y se oscurecieron de deseo.

—Ahora somos igual —dijo ella casi sin aliento.

Él se acercó de un par de zancadas.

—Igual nada. Yo no tengo estos pechos gloriosos que tú tienes —le susurró al oído mientras se los acariciaba.

En el momento en que sus cuerpos entraron en contacto, cualquier resquicio de duda, angustia o incertidumbre se diluyó. Sus pieles tenían memoria y recordaban bien cada movimiento, cada roce y cada beso. Y todo fluyó a la perfección. Pronto yacían los dos sobre la colcha y las dos únicas prendas que los separaban estaban en el suelo.

No hubo muchos preámbulos. Ninguno los necesitaba. Los dos estaban excitados, impacientes y muy ansiosos, y la unión fue apresurada y salvaje.

—No sabes lo mucho que te quiero, Anna. Estas semanas han sido un infierno. No podía besarte ni tocarte —gemía él, mientras la embestía una y otra vez.

—Tony, quería venir, pero no puedo. Yo también te quiero —le respondió casi sin voz. Estaba demasiado entregada al placer.

El orgasmo la sorprendió a ella primero. Fue tan intenso y poderoso que la desbordó y la llevó al borde de las lágrimas.

Él no tardó en unirse a ella. Se puso rígido y liberó un ronco gemido mientras se derramaba en el interior del condón que habían usado.

Los altavoces del radiocasete escupían *Purple Rain* de Prince a la par que ellos iban recuperando el aliento. Anna se apartó un poco para que él pudiera deshacerse del preservativo, que arrojó al suelo, sin cuidado. Luego le perfiló el contorno de la mandíbula con la punta de los dedos. Era una belleza de hombre.

—Eres preciosa —dijo él, observándola con veneración—. ¿Cómo se dice en alemán?

—*Bildhübsch.*

Tony intentó repetir la palabra.

—Bilush —dijo.

Anna se mordió los labios para controlar una risita.

—O *entzückend.*

—La madre que os parió. Rompéis todo el romanticismo —protestó él. De pronto, entornó los ojos con malicia—. Realmente, creo que eres irresistible —repuso marcando mucho las erres—. Irresistible, radiante y risueña. Como una rosa roja.

Ella arrugó los labios y terminó por sacarle la lengua. Era malvado.

—Capullo —contraatacó.

—Esa lengua, señorita. Ha aprendido usted un español muy vulgar.

Terminaron revolcándose entre las sábanas, haciéndose cosquillas, riéndose y besándose.

El juego se convirtió en algo serio cuando las manos encontraron lugares secretos poco explorados en las últimas semanas, las bocas y las lenguas se unieron a ellas también. Se retorcieron de deseo entre las sábanas arrugadas al tiempo que delineaban sus figuras, sus sexos y cada centímetro cuadrado de sus pieles con las puntas de los dedos. El frenesí se adueñó de ellos. Y terminaron borrachos de excitación mientras se daban placer mutuo. Los espasmos se mezclaron con los jadeos hasta que pusieron fin a ese viaje de pura sensualidad que acababan de recorrer juntos.

—Dime que me quieres —le pidió él, al cabo de un rato, cuando ya solo reinaba la calma entre ellos.

La abrazaba por detrás y ella podía sentir el aliento cálido sobre su nuca sudorosa.

—Te quiero mucho.

—Anna, sé que lo has dejado todo por mí —musitó con sentimiento—. Te prometo que no te vas a arrepentir.

—Lo sé.

—Ahora que ya nos hemos comido, cuéntame todo lo que ha pasado.

Ella se giró entre sus brazos y sus rostros quedaron a escasos milímetros de distancia.

Empezó a explicarle todo lo que había acontecido durante esas semanas que estuvieron separados. Le habló de la discusión con su padre, de que había tenido a su madre y a Rudi como aliados y de que había vendido el coche para no llegar a Benidorm con las manos vacías.

—Yo no tengo mucho dinero ahorrado —la interrumpió con solemnidad—. Pero lo que es mío es tuyo.

Ella le acarició la áspera mejilla.

—No te preocupes. Ponemos todo junto en banco.

—¿Qué trabajo es ese que has conseguido y cuándo empiezas? —inquirió curioso.

Anna se incorporó y se sentó con las piernas cruzadas, sin molestarse en tapar su desnudez con la sábana.

Era una larga historia.

Cuando Lisbet Schwarz se presentó en su apartamento hacía ya dos semanas diciendo que tenía la solución, ella no esperaba que la propuesta fuera a gustarle tanto. Pero le encantó.

Su madre le habló de Bernhard y Simone Winkel, una pareja amiga de unos amigos suyos, que se había establecido hacía años en España. Los Winkel habían abierto un negocio en un pueblo cercano a Benidorm, en Altea. Casi por casualidad, a través de esos amigos comunes, Lisbet había descubierto que el señor Winkel tenía problemas de salud y que Simone no podía ocuparse sola del negocio, por lo que estaban buscando a alguien que los ayudara, y que hablase alemán, inglés y español.

Hasta el momento no habían tenido mucho éxito.

Su madre le confesó que ya había llamado a la señora Winkel. No se conocían personalmente, pero después de hablar un rato, ambas comenzaron a recordar amigos y lugares comunes. Al decirle que su hija quería irse a vivir a España y cumplía todos los requisitos para poder trabajar con ellos, Simone aceptó gustosa hacerle una entrevista por teléfono.

El negocio era una imprenta.

De primeras, Anna se sintió abrumada. ¿Una imprenta? ¿Qué se hacía en una imprenta? Nunca había pensado en trabajar en ese tipo de negocio y no creía que tuviera los conocimientos necesarios.

De todas maneras, decidió dar el paso y llamar a la señora Winkel.

Y todo salió como la seda.

La dueña del negocio era encantadora y le explicó que su función principal sería estar de cara al público, pero que, si mostraba interés por aprender, ella estaría encantada de enseñarle cómo funcionaba todo.

Terminaron tuteándose.

Anna no se lo pensó demasiado. Le parecía una gran oportunidad para empezar a trabajar en España. Además, a ella siempre le había gustado dibujar y pintar y el hecho de que Simone le hubiera hablado de la parte creativa del negocio la entusiasmó.

Ese mismo día, después de que el avión aterrizase en Alicante, alquiló un coche y, tras dejar las maletas en el apartamento, se fue a Altea a visitar la imprenta.

Estaba justo a las afueras del pueblo, frente a la estación de ferrocarril, en una edificación de una única planta de paredes blancas. Un cartel con letras rojas y negras anunciaba el nombre del negocio: Imprenta Winkel.

Simone debía de rondar los sesenta años, pero aparentaba menos. Tenía el pelo corto y vestía con vaqueros y un jersey azul. Estaba atendiendo a unos clientes cuando Anna entró por la puerta. Tenía apariencia de estar cansada. Cuando se quedaron a solas y ella se presentó, Simone le dio un abrazo, algo poco común para un alemán. Era evidente que llevaba mucho tiempo viviendo en España.

Cerró el negocio y le ofreció un refresco de un pequeño frigorífico que tenía en la parte trasera. Luego, le enseñó el lugar. Le mostró los ordenadores, el plóter de corte, la guillotina, la máquina de encuadernar y la mesa de diseño. Luego la guio a la planta baja. Allí había tres enormes armatostes de hierro. Eran las impresoras, tres Gestetner que habían traído de Alemania. Le contó que allí abajo solía trabajar su marido, pero que últimamente la artrosis le impedía hacer muchas cosas y estaban rechazando pedidos.

Simone era muy parlanchina y se explayó explicándole todo, como si ya estuviera contratada. Debió de caerle bien, porque se sinceró y le dijo que querían jubilarse en uno o dos años y que les gustaría encontrar a alguien a quien poder traspasarle el negocio. Sus hijos vivían en Alemania y tenían allí sus vidas y sus familias, y no querían mudarse a España. Sugirió incluso que, si ella y su novio estaban interesados, podrían convertirse en los próximos dueños.

Habían hablado de que empezara a trabajar en una semana, mientras la gestoría preparaba el contrato. El sueldo convenido no estaba nada mal, por lo que Anna había podido averiguar de los salarios españoles, así que abandonó la imprenta con la cabeza llena de proyectos y muchas ideas.

—Entonces, hoy has alquilado un piso y has encontrado un nuevo trabajo —dijo él cuando ella terminó—. ¡Eres increíble! Y yo como un tonto esperando una llamada de teléfono. Tenías que haber venido a buscarme antes.

—He ido antes —admitió—, pero estás ocupado.

La miró con los ojos entornados.

—Tenías que haberme dicho algo.

—Me quedo enfrente y te miro trabajar. Me gusta espiarte. Eres muy amable con otras chicas.

Cuando llegó a La Calita eran más de las doce de la noche y había visto que él estaba demasiado atareado, así que se había sentado en un banco del paseo para contemplarle desde la distancia. Disfrutó con cada gesto que él hacía y con las sonrisas que regalaba a los clientes.

—Todas las mujeres están locas por mí —dijo con presunción—. Me las tengo que quitar de encima. Menos mal que has vuelto para defenderme y ponerlas en su sitio con tu carácter de teniente coronel —continuó con un ronroneo y le dio unos besos en el cuello.

Ella se dejó besar, disfrutando del contacto.

—Rudi dice que tu alemán es malo y tu inglés también es.

Él se incorporó, ofendido.

—Su español es horrible. ¿Sabes lo que me dijo? Sangría bueno.

Ella se echó a reír.

—Dice eres muy simpático. Y ve las fotos y le gusta que eres macarra. Seguro viene de visita pronto.

Volvieron a tumbarse y se acurrucaron en un enredo de piernas y brazos. No hacía frío en la habitación, pero era muy reconfortante sentir la cercanía de la piel del otro.

En la radio sonaba *Black Velvet* de Alannah Myles.

—¿Qué piensas de la imprenta? —preguntó ella, tras un rato de silencio.

—¿Qué pienso de qué?

—Podemos ser dueños de negocio en unos años.

Anna le había dado muchas vueltas a la oferta de Simone y le gustaba. Al menos lo que había visto esa tarde le había parecido muy interesante. Era un reto para ella empezar en ese negocio. Quizá ahí estuviera su futuro y el de Tony.

—Seguro que un traspaso cuesta un dineral —contestó él.

—Seguro. Pero tú y yo trabajamos duro.

Él la contempló con calidez.

—Me encanta que seas tan positiva. ¿Sabes una cosa? Cuando te miro y veo ese brillo en tus ojos, me siento capaz de conseguir cualquier cosa. Así que, si quieres tener ese negocio, lo tendremos. Pero no tengo ni puñetera idea de lo que hay que hacer en una imprenta.

—Yo tampoco.

Hubo un largo silencio. Él parecía estar meditando.

—Bueno, supongo que podemos aprender —dijo al fin, alzando los hombros—. Mientras estemos juntos, podremos con todo.

Ella le abrazó llena de júbilo. Tony era increíble. Se sentía la mujer más afortunada del mundo.

El abrazo se convirtió en una prolongada caricia, que los llevó a besarse con pasión. A Anna pronto comenzó a darle vueltas la cabeza y su abdomen se estremeció. Estaba muy excitada y sabía que a él le sucedía lo mismo porque su erección se le clavaba en el muslo.

—No tenemos más condones —señaló Tony con vacilación.

Habían usado antes el que él llevaba en la cartera porque ninguno de los dos había pensado en comprar una caja.

—Creo que no pasa nada. Mi regla viene pronto. Por favor, no pares —suplicó—. Quiero hacer amor contigo.

Él no dudó más y la penetró, soltando un gemido que fue a morir a la boca de ella.

Aquella noche concibieron a Diego.

Epílogo

Benidorm, bastantes años después

Tony y Anna

Anna observaba a Tony desde hacía un rato. Estaba haciendo payasadas con Mía, su nieta. Tal y como había hecho con sus cuatro hijos, le había metido a la niña en la cabeza que la única música que merecía la pena era la de los años ochenta, y la tenía bailando canciones de los Burning.

La pequeña se prestaba a todo y se sabía de memoria muchas canciones. Una de sus preferidas, por supuesto, era *Mi agüita amarilla,* y cada vez que se la cantaba a Tony, a este se le caía la baba y le daba bombones y caramelos, a escondidas de Lukas, el padre de la niña.

Daba igual que Tony hubiera cumplido ya los cincuenta y ocho años, seguía siendo el mismo de siempre. No había cambiado ni su estilo ni su forma de ser. Ni siquiera se podía decir que hubiese sentado la cabeza después de cuatro hijos. No. Tony Alba era igual que cuando ella le conoció. Tenía algunas canas en el pelo y en la barba, y arrugas en torno a los ojos de tanto sonreír, pero eso era todo. No había perdido ni un ápice de su atractivo. Bailaba, caminaba y se movía igual, con toda esa sensualidad que a ella siempre le había cautivado.

Suspiró mientras le recorría el cuerpo con la mirada. Solo llevaba un bañador negro, y el torso moreno con el vello que lo cubría y los musculosos brazos hacían que el estómago le diera saltitos.

Sí. Después de treinta y tres años juntos seguía colada por él.

Satisfecha, recorrió el jardín con la vista, recreándose en cada uno de sus hijos y sus parejas, y pensando en la suerte que habían tenido en la vida. Los comienzos fueron muy duros y tuvieron que trabajar arduamente. No esperaban tener hijos tan pronto, pero cuando llegaron, siguieron adelante como pudieron. Diego fue el primero, pero al año siguiente nació Jorge —sí, el maldito Tony se había empeñado en ponerle ese nombre que ella seguía pronunciando mal—, luego llegó Erika y, cuatro años después, Lukas, el benjamín.

A regañadientes, tuvieron que aceptar la ayuda de los padres de ella para poder hacerse con la imprenta, pero les devolvieron el dinero en cuanto pudieron. Los Winkel, incluso después de la jubilación, se pasaban por el negocio con frecuencia para ayudarlos, hasta que el marido falleció y Simone regresó a Alemania.

Tardaron un tiempo en conseguir pagar sus deudas, pero a pesar de las dificultades iniciales, Anna recordaba esos años con mucha felicidad. Los cuatro niños se habían criado en la imprenta, correteando entre las máquinas mientras Tony y ella trabajaban mañana y tarde.

Gracias a Dios, no había ninguna imprenta cercana y todos los habitantes del pueblo y de otros lugares acudían a ellos. Imprimían cartas de restaurantes, panfletos, folletos de vacaciones, tarjetas de visita, invitaciones y etiquetas comerciales. También encuadernaban libros, hacían sellos de caucho artesanales y rotulaban automóviles, barcos y escaparates. Le cambiaron el nombre al local y lo llamaron Imprenta El Horizonte. Y según pasaron los años, fueron adquiriendo máquinas más potentes y modernas y ordenadores de última generación. El negocio floreció tanto que les permitió mudarse a un piso más grande, y luego a una casita, y finalmente al chalet con piscina a las afueras de Benidorm, donde vivían en la actualidad.

Ahora que todos sus hijos se habían independizado, la casa era grande para los dos y habían hablado de venderla y trasladarse a un piso más pequeño, pero sabían que echarían de menos las reuniones familiares. Era en el chalet donde se juntaba la familia los domingos por la tarde —sobre todo en los meses de verano— para pasar un buen rato escuchando música, comiendo, bebiendo y dándose un chapuzón en la piscina. Hacía años que Tony había construido una plataforma de madera, que colocó en un extremo del jardín y que servía como escenario. E incluso instaló un equipo de música profesional para poder cantar y hacer karaoke.

Tony y sus ideas.

Todo empezó siendo un juego y terminó convirtiéndose en una tradición.

Anna soltó una risa al ver a Mía imitar a su abuelo. Era una niña muy despierta y habladora. Y era la consentida de todos. Tenía solo cuatro años, pero sabía cómo meterse a cualquiera de los Alba en el bolsillo.

Jamás pensó en ser abuela tan joven. Se miraba al espejo y seguía viéndose como la chica de veintidós años que llegó a Benidorm aquel verano de finales de los ochenta. Tenía un buen cutis y todavía usaba la misma talla de ropa, pese a los embarazos. Alguna canilla le había salido en el pelo y finas telas de araña le adornaban el contorno de los ojos, pero no parecía una abuela en absoluto. Sin embargo, sí que se sentía como una. El amor que sentía por Mía era intenso y profundo, pero muy diferente al que sintió por sus hijos cuando nacieron. La primera vez que tuvo a Mía en brazos se le derritió el corazón de emoción, pero era una emoción sin esa preocupación que iba pareja a la felicidad de tener un hijo propio.

Vio que Diego se acercaba a la plataforma donde Tony y Mía hacían el tonto y cogía a la niña en brazos para llevarla a la piscina. De todos sus hijos, Diego era el que más se asemejaba a ella en carácter. Los demás habían salido a Tony, tan bromistas y guasones como él. Pero su primogénito era sereno y tranquilo y se tomaba la vida con menos sobresaltos. Jamás pronunciaría en voz alta que tenía predilección por él, pero así era. Su Diego, tan fuerte y vulnerable al mismo tiempo.

Llevaba años con Iván, pero no se habían casado hasta el año anterior. Iván, pese a no pertenecer a la familia, era como un hijo más. Era el mejor amigo de Lukas desde el colegio y tenía una familia bastante disfuncional, así que se había criado con los Alba.

Fue una sorpresa descubrir que estaban enamorados, pero Anna y Tony se alegraron mucho por ellos. Estaban hechos el uno para el otro.

—Mamá, estás muy sola aquí. —Su hija la sobresaltó.

Giró la cabeza y vio que Erika se había sentado en una silla a su lado. Eran como dos gotas de agua, rubias, con los ojos azules y alguna que otra peca sobre la nariz. Algunas personas incluso las confundían de lejos.

—Finjo enfado —murmuró después de darle un trago al licor de hierbas.

—¿Por qué? —le preguntó mientras cogía una botella de agua de la mesa.

—Para que tu padre cambie la música.

A Erika le entró la risa.

—Puedes estar enfadada siglos, entonces.

—Es la segunda vez que pone el mismo CD —protestó.

Estaba sonando *Mueve tus caderas* de los Burning.

—¡Papá! —gritó Erika—. Como no cambies de música, mamá se va con otro.

Tony levantó la barbilla y las miró. Había estado rebuscando en la caja de CDs.

—Tu madre no puede irse con otro porque yo soy el más atractivo de la fiesta. Los demás no valen nada.

Anna puso los ojos en blanco.

Él le lanzó un beso.

—¡No es verdad! —gritó Erika—. Mi hombre es espectacular.

—Un crío —farfulló Tony.

Desde el borde de la piscina, Félix, su marido, se rio estruendosamente. Con más de cuarenta años, difícilmente se le podía considerar un crío.

—Esos celos, Tony —le reprendió Anna con una sonrisa.

—¡Ja! Celos, yo… —rezongó, y siguió buscando en la caja.

Erika se incorporó y se dirigió hacia la piscina. Abrazó a Félix por detrás y le dio un beso en el omoplato antes de pegarle un empujón para que cayera al agua. Jorge y Juls, que estaban hablando con él, se alejaron deprisa antes de recibir el mismo trato.

—¡Cuando te pille, verás! —exclamó Félix al emerger, empapado.

Erika se tiró en bomba, salpicando a todo el mundo, y se abalanzó sobre él para hacerle una aguadilla. Iván, Mía y Lukas se unieron a ellos en el juego y las risas llenaron el jardín.

—Tu hija es una salvaje —comentó Jorge, que se había acercado a la mesa para coger una lata de cerveza.

—No es mía. Es hija de tu padre —contestó con flema.

Juls rio al tiempo que se sentaba enfrente.

Anna la miró con una sonrisa. Apreciaba mucho a su nuera. Era una muchacha menuda, de pelo corto y rubio. Jorge y ella llevaban mucho tiempo juntos, pero su relación no había sido fácil. Que Juls hubiera querido a su hijo incluso en los peores momentos le había hecho sumar puntos a los ojos de Anna.

—Mamá. —Jorge reclamó su atención—. Tenemos algo que contaros.

Anna no pudo evitar que su mirada fuera directa al vientre de Juls, tan plano como siempre.

—No estoy embarazada —se rio esta.

—No es eso, ya sabes que no sé hacer niños —bromeó Jorge—. Al final he conseguido el trabajo en el Oceanográfico en Valencia. Empiezo el mes que viene y nos vamos a mudar allí —explicó.

Había estudiado Ciencias del Mar, pero llevaba años trabajando como instructor en una escuela de buceo. No obstante, siempre quiso trabajar con animales marinos. Si ahora iba a poder hacerlo, era una noticia maravillosa.

—¡Cómo me alegro! —Se puso de pie y le abrazó—. ¿Lo saben los demás?

—Se lo he contado hace unos minutos. Solo faltabais papá y tú.

—¡Tony! —llamó ella—. Ven.

Él alzó la barbilla y dejó la caja de CDs en el suelo, luego se acercó.

—¿Qué pasa?

Mientras Jorge ponía a su padre al corriente de las novedades, Anna se escabulló hacia el equipo de música. Era su momento y lo iba a aprovechar.

Tony palmeó a su hijo en la espalda, feliz por él.

—Si es lo que quieres, me alegro. ¿Te vas a ir con él, Juls? Quizá encuentres un partido mejor por Benidorm ahora que se larga.

Su nuera se echó a reír. Luego se levantó y enhebró el brazo con el de Jorge.

—Ya me he acostumbrado a este. Tiene un montón de defectos, pero es guapete.

—Es el más guapo de todos mis hijos —le dio la razón.

Jorge se carcajeó.

—Soy el único que se parece a ti.

—Por eso lo digo. Supongo que querréis que os ayudemos con la mudanza, ¿no?

—Hombre, lo daba por hecho.

Lukas y Alexia, su novia, se acercaron. Esta última llevaba a Mía en brazos envuelta en una toalla rosa.

Tony no pudo evitar sonreírles con afecto. Eran los más jóvenes y los que más responsabilidades tenían. Nunca pensó que su hijo Lukas, que era un gamberro y nunca se tomaba nada en serio, se pudiera convertir en un padre sensato y juicioso.

—Abuelo, quiero la canción del pis —exclamó Mía con su voz de pito.

Aquello hizo reír a todos.

—La has corrompido —dijo su hijo pequeño, dirigiéndole una mirada acusadora.

—Para nada. Tu hija tiene buen gusto y punto.

Los primeros acordes de *Paradise by the Dashboard Light* de Meat Loaf llenaron el ambiente.

—La canción del pis la dejamos para luego, bombón —le dijo a la niña—. Que tu abuela se ha apoderado del equipo de música.

Cogió una lata de cerveza y se sentó en una de las sillas de plástico mientras escuchaba las conversaciones de su familia por encima de la música. Cerró los ojos y dio un trago. El líquido le bajó por la garganta, refrescándole. A veces echaba de menos encenderse un cigarrillo, aunque lo había dejado hacía muchos años.

¡Qué rápido había pasado el tiempo!

Parecía que solo hacía unos pocos años que los niños eran pequeños y que él y Anna los llevaban a la playa a enseñarles a nadar. Sin embargo, ahí estaban todos ellos con familias y vidas propias.

Una sensación de orgullo y satisfacción se le esparcía por el pecho cuando los miraba.

No lo habían hecho mal, decidió.

¿Quién iba a pensar que un chico de Entrevías sin estudios ni dinero iba a poder llegar tan lejos como había llegado él?

Su mirada se dirigió a la plataforma. Anna había comenzado a bailar.

Y él ya no pudo apartar los ojos.

Su bella mujer estaba descalza y llevaba un vaporoso vestido beige de tirantes. ¿Por qué narices se ponía siempre esos vestidos que se clareaban al trasluz? No era justo. Las largas piernas se transparentaban a través de la fina tela y cuando hacía algún giro, incluso podía ver el contorno de sus pechos.

La canción de Meat Loaf era movida y ella giraba los pies deprisa mientras la falda del vestido se le arremolinaba en las pantorrillas. Agitaba la cabeza y su cabello volaba en todas direcciones. De vez en cuando, elevaba la vista y clavaba los azules ojos en los suyos.

Sabía que la estaba observando y estaba bailando para él.

Esa imagen, como tantas otras a lo largo de los años, se le incrustó en la retina.

Anna nadando.

Anna bailando.

Anna embarazada.

Anna cantando nanas a sus hijos.

Anna sonriendo.

Anna llorando de cansancio.

Anna durmiendo.

Anna retorciéndose de placer debajo de él en la cama.

Anna respirando.

—Papá, toma.

Giró la cabeza y vio que Erika le tendía una toalla. La miró extrañado.

—Es lo suficientemente grande para que te tapes… la entrepierna.

La miró con fingido odio, antes de levantarse y alejarse. Su risa le siguió.

La canción acababa de terminar y Anna iba hacia el equipo de música para cambiar el CD.

—Espera. Déjame que elija yo —le pidió.

—Como pongas otra vez a Loquillo o los Burning me voy de casa —le amenazó con un dedo alzado.

—Que no. Voy a poner una súper canción. Lo prometo. Una para que podamos bailar. Por cierto, has estado espectacular.

—Creo que he bebido demasiado.

—Me encanta cuando te emborrachas. Te vuelves muy descarada.

—No estoy borracha —protestó.

Él sacó un CD de mezclas que tenía en la caja y lo puso. Eligió la tercera canción y la tomó de la mano.

Have I told you lately de Van Morrison rompió el silencio.

—*Du bist so romantisch*[28] —musitó ella.

—Claro.

Con el tiempo había aprendido alemán. No le había quedado más remedio porque Anna insistió en criar a los niños hablándoles en los dos idiomas para que fueran bilingües, así que él tuvo que esforzarse también.

Se mecieron abrazados al compás de la música, deslizando los pies descalzos por la plataforma de madera.

—¡Abuelos bonitos!

---

[28] Eres tan romántico.

El grito de Mía les hizo girar la cabeza hacia ella, que aplaudía, observándoles muy interesada.

Ellos la saludaron con una sonrisa y luego se miraron a los ojos.

—¿Cuál crees que será el siguiente en darnos otro nieto? —preguntó Tony.

—No lo sé —repuso ella—. Iván y Diego, quizá.

La hizo girar y cuando la atrapó de nuevo la pegó mucho a su cuerpo. Estaba excitado desde que la había visto bailar desinhibida.

—¿Y si en vez de un nieto vamos a por el quinto? —bromeó, hundiendo la cara en el hueco de su cuello.

Ella rio.

—Con mi menopausia y tu vasectomía sería un milagro.

—Cosas más difíciles se han visto —dijo risueño—. Por ejemplo, una niña pija alemana enamorándose de un macarrilla.

—Eso fue fácil. Me enamoró tu coche amarillo.

Él sonrió nostálgico recordando el viejo Seat.

Pero la sonrisa se le borró del rostro cuando notó que ella echaba la pelvis hacia delante y le aplastaba la erección. Su mirada bajó casi imperceptiblemente y se dio cuenta de que sus pezones estaban duros.

Siempre pensó que en algún momento toda esa pasión arrebatadora del principio se suavizaría y quizá desaparecería. Era cierto que muchas cosas habían cambiado. Su amor se había vuelto más sereno y apacible, pero el fuego seguía ardiendo entre ellos. Tony no sabía si aquello era normal, pero cuando ella se movía así y le provocaba, él se excitaba como la primera vez.

—*Du bist ein böses Mädchen*[29] —le dijo.

—Sí —jadeó ella.

Se besaron con pasión, ignorando que tenían muchos ojos pendientes de ellos.

Cuando separaron sus bocas, ambos respiraban con dificultad.

—¿Qué te parece si dejamos aquí a estos críos y nos vamos dentro? —susurró él, mientras bajaba las manos hasta la parte inferior de su espalda.

—¡Anda, papá! ¡Contrólate un poco!

Tony echó un vistazo a Jorge con una sonrisa ladeada. Y luego miró a Anna, la mujer de su vida, con el corazón en los ojos.

—Imposible. Lo que siento es incontrolable.

—Qué cursi —repuso ella en voz muy baja—, pero tienes razón. Vamos dentro que hace… frío —finalizó con coquetería.

Y se encaminaron al interior de la casa, seguidos por silbidos y risas.

—¿Ponemos ya la canción del pis? —exclamó Mía.

---

[29] Eres una chica mala.

Lista de canciones

Ride on Time - Black Box
Voyage, Voyage - Desireless
La mataré - Loquillo y los trogloditas
Cadillac solitario – Loquillo y los trogloditas
Major Tom – Peter Schilling
She drives me crazy - Fine Young Cannibals.
I want it all - Queen
If I could turn back time - Cher
Una noche sin ti - Burning
No es extraño que tú estés loca por mí – Burning
Drachen sollen fliegen - PUR
Lambada - Kaoma
Love will tear us apart - Joy Division
Boys are back in town - Thin Lizzy
Maneras de vivir - Rosendo
Mi agüita amarilla - Los toreros muertos
Hormigón, mujeres y alcohol - Ramoncín
Sabor de amor - Danza Invisible
Salta! - Tequila
Me quedo contigo - Los Chunguitos
Escuela de calor - Radio Futura
Lass uns leben - Marius Müller Westerhagen
Aquí no hay playa - The Refrescos
El imperio contraataca - Los Nikis
Cuatro Rosas - Gabinete Caligari.

Bailaré sobre tu tumba - Siniestro Total
Jump - Van Halen
Just like Heaven - The Cure
When I see you smile - Bad English
I'll be there for you - Bon Jovi
Angel - Aerosmith
It must be love - Madness
Take my breath away - Berlin
99 Luftballons - Nena.
Chica de ayer - Nacha Pop
Time after Time - Cindy Lauper
Purple Rain - Prince
Black Velvet - Alannah Myles
Mueve tus caderas - Burning
Paradise by the Dashboard Light - Meat Loaf
Have I told you lately - Van Morrison

Agradecimientos y otras cositas

Lo primero de todo, antes de dar las gracias a todas las personas que han hecho esta novela posible, quiero decir un par de cosas.

Empezaré por confesar que yo no quería escribir esta historia. Que había dado por zanjada la serie de los **Hermanos Alba** con sus cuatro novelas correspondientes y que no se me pasaba por la cabeza escribir una precuela. Sin embargo, hace unos meses, empezó a picarme el gusanillo de contar la historia de Tony y Anna. Son dos personajes que me encantaban en las novelas de sus hijos y admito que soy una nostálgica de los años 80, así que, me senté ante el folio en blanco y me dije: venga, escribe, aunque sea solo un relato, para ver cómo se conocieron.

El relato se ha convertido en una novela. No es muy extensa, pero creo que refleja bien esos meses que vivieron en el año 89 y que ya se mencionaban en la serie de los Alba. Lo de Tony y Anna fue un flechazo de verano, intenso y arrebatador.

Y me puse manos a la obra.

No fue tan fácil.

En el año en que transcurre esta historia yo tenía quince años y, aunque recuerdo muchas cosas de aquel entonces (la caída del muro de Berlín es inolvidable), otras muchas se me habían olvidado y he tenido que investigar. Dios mío, no me acordaba de los precios en pesetas, ni de las marcas de zapatillas, ni del estilo de ropa ni si ya se usaban los Discman o si era obligatorio llevar cinturón de seguridad en el coche… Un montón de pequeñas cosas que han ido sucediendo a lo largo de los años y que no se guardan en la memoria. Además, el Benidorm de los 80 no es el de hoy y ha sido una locura tener que averiguar si los bares de ahora eran los de entonces, si la playa estaba igual y mil detalles más…

Como suele pasar en casi todas mis novelas, he utilizado experiencias propias y las he metido por ahí. Por ejemplo, el coche de Tony era el coche que tenía mi primer novio. Nunca olvidaré ese Seat 124 amarillo… El apartamento donde tiene lugar el último capítulo, Mar Blau, era el apartamento donde veraneaba con mi familia cuando era pequeña y casi todas las canciones que utilizo tienen mucho significado para mí.

En realidad, la música merecería un capítulo aparte. Es una novela muy musical y yo he disfrutado mucho compartiendo canciones que me encantan de la época, tanto españolas, como inglesas, americanas y alemanas. Merece la pena que escuchéis la lista en Spotify.

Me he tomado ciertas licencias, claro. El restaurante La Calita no existe, tampoco el Sacrilegio, pero sí lo hacen o lo hicieron los demás locales y lugares que menciono. He intentado ser lo más fiel posible a aquel año increíble de 1989 y a todo lo que lo rodeaba, incluyendo acontecimientos históricos.

También quiero hacer hincapié en mi forma de narrar en esta novela. He utilizado la tercera persona y el narrador equisciente, como suelo hacer en todas mis novelas (es muy similar al narrador en primera persona), pero en esta ocasión, me he permitido ser mucho más coloquial e informal que de costumbre. Me encajaba más con los personajes y la época para que el texto resultara más verosímil. Lo he gozado mil y espero que el experimento haya sido positivo para vosotros, lectores.

Y aquí una pequeña advertencia: tened en cuenta que cuando Anna y Silke hablan en español no lo hacen correctamente, por eso hay errores gramaticales en la novela.

Os sorprenderá que esta vez no haya contado con profesionales para ilustrar la portada o para maquetar la novela, pero como ya he dicho en un principio, esta historia no estaba planeada y ha surgido un poco por casualidad. Por eso he hecho todo yo misma. Me suponía un reto y he querido superarlo. Y admito que (sin ser nada modesta) la portada me flipa muchísimo Es ochentera y diferente a lo que está de moda ahora, así que estoy muy contenta.

Y ya no me demoro más y procedo a la tarea de agradecer.

En primer lugar, quiero dar las gracias a mi hermana Fely y a mi sobrina Angy, son siempre las primeras en leerse mis novelas y en animarme a seguir adelante.

Gracias también a **Paco**, mi mayor crítico (debo confesar que siempre discuto con él porque no me gusta que me diga cosas negativas, aunque luego le hago caso y acepto sus comentarios sin rechistar). *Te quiero, amore*.

Gracias a mis lectoras cero. Mayte, que me acompaña desde el principio y gracias a ella mis textos son mejores. Y esta vez he contado con también con Mar, que se lo ha currado muchísimo y me ha sugerido un montón de cositas. Y también con Patricia, que, a pesar de sus problemas de voz, me mandaba audios constantemente en los que me decía que siguiera adelante y creía en mí y en la historia.

Y aquí tengo que hacer una mención especial a dos personas que, a pesar del tiempo que hacía que no hablábamos, en cuanto les pedí ayuda, se lanzaron de cabeza para echarme un cable. Son Marian y Jose. A ambos los conocí en Benidorm cuando vivía allí en los años 2000. Marian es una antigua compañera de trabajo que se convirtió en mi amiga, con la que nunca he perdido el contacto. Y Jose es mi ex, y hacía un siglo que no hablábamos. Los dos son de Benidorm de toda la vida y me han ayudado un montón con la documentación. Marian me pasaba información de la playa, y de los edificios que existían o no en el 89. Y Jose, que es más golfillo, me informaba de los garitos y de dónde llevar a una chica para enrollarse, jajaja.

Se han portado genial.

También quiero dar las gracias a todas esas personas bonitas que me leen y disfrutan con mis historias porque sin ellas nada de esto sería posible. Es un sueño que estén ahí, conmigo.

Gracias a los que estáis ahí desde el principio y a los que vais llegando. Gracias de corazón.

Espero haber cumplido vuestras expectativas y haber conseguido que os enamoréis un poquito de los personajes, creo que se lo merecen.

Yo los amo mucho.

Y, sin más, me despido de todos vosotros y os deseo una vida llena de lecturas y aventuras por vivir. Mil besos y mil gracias.

Esto no es un adiós, es un hasta la próxima historia.

Sobre la autora

Laura Sanz nació en Guadalajara en 1974, donde pasó toda su infancia y adolescencia. De espíritu inquieto y muy vivaz, desde edad temprana se interesó por los libros y la escritura. Prueba de ello es que con tan solo 8 años ganó el Premio Garbancito (1983) de Poesía infantil.

En los noventa, su gran pasión por aprender idiomas, la llevó a instalarse en Alemania, donde cursó sus estudios de Traducción, intercalando su carrera con su amor por los libros y su creciente afición por escribir.

Tras su regreso a España, trabajó y residió unos años en el Mediterráneo, antes de establecerse en Madrid, donde reside en la actualidad junto a sus felinos, a los que adora, y su marido. Ferviente lectora, vive rodeada de libros, con gran predilección por la literatura inglesa del XIX.

Ha sido galardonada con el prestigioso Premio del Rincón Romántico a mejor autora nacional del año 2017. También sus novelas han recibido premios. La historia de Cas, el RNR a mejor Romance Actual Nacional y el Rosa Romantica's a mejor ebook del año

2017. Y Le llamaban Bronco, el RNR a mejor Romance Histórico Nacional del año 2019.

PS: Sus grandes pasiones son: el cine clásico, la literatura inglesa del XIX y sus gatos. También adora las series coreanas, los mahnwas BL y la literatura LGBTI.

Todos sus libros tienen #happyending garantizado.

Le encanta recibir mensajes de sus admiradores y detractores. Por favor contactad con ella en: laurasanzautora@gmail.com

Probablemente conteste :)

Si queréis saber más sobre ella y sus próximos lanzamientos, visitad: www.laurasanzautora.com

Además, la podéis encontrar en: Facebook, X, Instagram y TikTok

@laurasanzautora

Otras novelas de la autora:

INDEPENDIENTES
La chica del pelo azul
Harry Wolf
My shining Star
Tan fuerte, Mariane
De la A a la Z

SERIE LANDVIK
La historia de Cas
La lucha de Jan
La culpa de Till
La irrelevancia de llamarse Poncho (Spin off)

SERIE WILD WEST
Le llamaban Bronco
Su nombre era Rico Salas

SEIE HERMANOS ALBA
Inolvidable
Inalcanzable
Inevitable
Inconquistable